ALICE NO PAÍS DAS MARAVILHAS

LEWIS CARROLL

Alice
no país das maravilhas

Tradução:
Thereza Christina Rocque da Motta

COPYRIGHT DA TRADUÇÃO © 2019 THEREZA CHRISTINA ROCQUE DA MOTTA
COPYRIGHT © FARO EDITORIAL, 2020
COPYRIGHT © LEWIS CARROLL, 1865

Todos os direitos reservados.
Nenhuma parte deste livro pode ser reproduzida sob quaisquer meios existentes sem autorização por escrito do editor.

Diretor editorial PEDRO ALMEIDA
Coordenação editorial CARLA SACRATO
Capa e diagramação OSMANE GARCIA FILHO
Ilustrações JOHN TENNIEL (DOMÍNIO PÚBLICO) HISUNNYSKY, OZZ DESIGN | SHUTTERSTOCK
Imagem de capa CHICLAYO | SHUTTERSTOCK

Dados Internacionais de Catalogação na Publicação (CIP)
(Câmara Brasileira do Livro, SP, Brasil)

Carroll, Lewis, 1832-1898
　　Alice no País das Maravilhas / Lewis Carroll ; tradução de Thereza Christina Rocque da Motta. — São Paulo — Barueri, SP : Faro Editorial, 2020.

　　Título original: Alice's Adventures in Wonderland
　　ISBN 9786586041316

　　1. Literatura infantojuvenil inglesa 2. Literatura fantástica
I. Título II. Motta, Thereza Christina Rocque da

20-2684　　　　　　　　　　　　　　　　CDD-028.5

Índice para catálogo sistemático:
1. Literatura infantojuvenil inglesa 028.5

1ª edição brasileira: 2020
Direitos de edição em língua portuguesa, para o Brasil, adquiridos por FARO EDITORIAL

Avenida Andrômeda, 885 – Sala 310
Alphaville – Barueri – SP – Brasil
CEP: 06473-000
www.faroeditorial.com.br

Todos, na tarde dourada,
    Deslizamos de puro prazer;
Ambos os remos, pouco treinados,
    Movidos por braços pequenos,
Enquanto as mãozinhas, em vão,
    Tentam guiar-nos pelo rio.

Ah, Trinca cruel! A esta hora,
    Sob um céu de sonhos,
Pedem histórias a alguém cansado
    Demais para soprar uma pluma!
Mas o que pode uma só voz dizer
    Contra três línguas juntas?

A imperiosa Prima se adianta
    Mandando logo "começá-la":
Mais gentil, Secunda espera
    "Que haja bobagens nela!",
Enquanto Tercia interrompe
    Não mais que uma vez por minuto.

Está bem, para ganhar os seus silêncios,
    Ágeis, elas buscam
A criança de sonhos através de um país
    De maravilhas novas e loucas,
Que conversa, alegre, com pássaros e bichos –
    E quase acreditam ser de verdade.

Sempre, quando a história secava
    Os poços da fantasia,
E quase arrastava o narrador cansado
    Para deixar o assunto de lado,
O resto na próxima vez – "Já é a próxima vez!"
    Gritam, alegres, em uníssono.

Assim nasceu a história do País das Maravilhas:
    Lentamente, um a um,
Seus eventos pitorescos foram maquinados –
    Agora a história foi contada,
E retornamos para casa, uma trupe animada,
    Navegando ao pôr do sol.

Alice! Aceite esta história de criança,
    Que, com mãos gentis, coloque,
Onde tecem os sonhos da infância,
    Na memória mística que trazemos,
Uma grinalda de flores que um peregrino
    Colheu numa terra bem distante.

                    LEWIS CARROLL

Sumário

1. Na toca do coelho 11
2. Um mar de lágrimas 19
3. Uma corrida eleitoral e uma história bem comprida 29
4. O coelho manda o pequeno Bill 37
5. O conselho da lagarta 49
6. Porco e pimenta 61
7. Um chá muito louco 73
8. A quadra de croquet da rainha 85
9. A história da falsa tartaruga 97
10. A dança das lagostas 109
11. Quem roubou as tortas? 121
12. O testemunho de Alice 131

Na toca do coelho

Alice começou a se cansar de ficar sentada ao lado da irmã à beira do rio sem ter nada para fazer: olhou algumas vezes o livro que ela estava lendo, mas não tinha imagens nem diálogos. "E para que serve um livro sem imagens nem diálogos?", pensou Alice.

Ficou matutando (do melhor modo possível, pois o calor a deixava com sono e o raciocínio lento), se o prazer de fazer uma guirlanda de margaridas valeria o esforço de ter de se levantar para colhê-las, quando, de repente, um coelho branco de olhos cor-de-rosa passou correndo por ela.

Isso não lhe pareceu nada *muito* excepcional, nem Alice pensou que fosse *demais* ouvir o Coelho dizer para si mesmo: "Oh, não! Oh, não! Como estou atrasado!" (quando refletiu sobre isso mais tarde, ocorreu-lhe que deveria ter achado isso estranho, mas, naquele momento, tudo lhe pareceu muito natural), porém, quando o Coelho *tirou o relógio de bolso do colete*, olhou a hora e saiu correndo, Alice se pôs de pé imediatamente ao perceber que jamais vira um coelho de colete, nem com um relógio no bolso do colete e, ardendo de curiosidade, correu pela campina atrás dele, a tempo de vê-lo entrar numa toca debaixo de uma cerca viva.

Alice o seguiu sem sequer pensar como sairia de lá.

O chão da toca continuava plano como um túnel logo na entrada e logo depois descia tão abruptamente que Alice não pôde parar antes de cair num poço muito fundo.

Ou o poço era muito fundo, ou ela estava caindo muito devagar, porque teve tempo, enquanto caía, de olhar em volta e imaginar o que aconteceria em seguida. Primeiro, tentou olhar para baixo e adivinhar onde iria aterrissar, mas estava escuro demais para enxergar qualquer coisa; olhou para as paredes e viu que estavam cheias de armários de cozinha e estantes; aqui e ali, viu mapas e quadros pendurados. Pegou um pote assim que passou por uma prateleira: no rótulo estava escrito "GELEIA DE LARANJA", mas, para a sua grande decepção, ele estava vazio; não quis largar o pote com medo de bater em alguém lá embaixo, então colocou-o de volta em outra prateleira.

"Bem!", pensou Alice, "depois de uma queda dessas, cair da escada não será nada demais! Todos em casa pensarão que sou muito corajosa! Ora, não me importaria nem se caísse do telhado!" (o que de fato poderia acontecer).

Caindo, caindo, caindo. Mas essa queda não termina *nunca*?

— Quantos quilômetros eu já caí até agora? — perguntou Alice em voz alta. — Devo estar chegando perto do centro da Terra! Deixe-me ver: isso seriam seis mil quilômetros de profundidade, eu acho... (porque, como sabemos, Alice aprendeu muitas dessas coisas em sala de aula e, embora não fosse a *melhor* hora para demonstrar seus conhecimentos, pois não havia ninguém ali para ouvi-la, ainda assim seria um bom exercício repeti-los) — sim, esta é a distância certa, mas fico pensando em que Latitude e

Longitude estou? (Alice não sabia o que eram Latitude e Longitude, mas achou que fossem boas palavras de se dizer).

Então, recomeçou:

— Fico imaginando se eu *atravessarei* a Terra! Será engraçado sair entre aquelas pessoas que andam de cabeça para baixo! Eu acho que são os *Antipáticos*... (estava feliz por não ter ninguém para ouvi-la desta vez, pois achou que esta não deveria ser a palavra certa) — mas terei de perguntar o nome do país, não é? "Por favor, Senhora, esta é a Nova Zelândia ou a Austrália?" (E tentou fazer uma mesura enquanto falava: imagine *fazer uma reverência* durante uma queda! Acha que é fácil?) E que menininha ignorante ela pensará que sou por fazer esta pergunta! Não, de nada adiantará perguntar: talvez consiga ler isso escrito em algum lugar.

Caindo, caindo, caindo. Como não havia mais nada a fazer, Alice tornou a tagarelar:

— Diná sentirá muito a minha falta hoje à noite, imagino! (Diná era sua gata.*) Espero que se lembrem do seu pires de leite na hora do chá. Diná querida! Queria que estivesse aqui embaixo comigo! Não há ratos voadores, mas talvez consiga caçar um morcego, que se parece muito com um rato, como sabe. Mas será que gatos comem morcegos?

Alice começou a sentir sono e continuou falando consigo mesma, como se estivesse sonhando:

— Gatos comem morcegos? Gatos comem morcegos?

E, às vezes:

— Morcegos comem gatos?

---

* As irmãs Liddell, Lorina (13), Alice (10) e Edith (8) tinham uma gata que se chamava Diná.

Porque, como não conseguia responder nenhuma dessas perguntas, a ordem das palavras não importava mais. Ficou com muito sono e começou a sonhar que estava andando de mãos dadas com Diná, dizendo-lhe, muito séria:

— Agora, Diná, diga-me a verdade: já comeu um morcego?

Quando, de repente: "Tum-tum!", caiu numa pilha de gravetos e folhas secas no fundo do poço.

Alice não se machucara nem um pouco, e pôs-se de pé imediatamente: olhou para cima, mas estava tudo escuro. Diante dela, havia outra longa passagem, e logo avistou o Coelho Branco correndo à frente. Não havia mais nem um segundo a perder: Alice seguiu-o bem a tempo de ouvi-lo dizer ao virar:

— Pelas minhas orelhas e meus bigodes, como estou atrasado!

Alice estava correndo logo depois dele, mas o Coelho desapareceu: ela se viu num corredor rebaixado e longo, iluminado por uma fileira de lâmpadas no teto.

Havia portas em todo o corredor, mas estavam todas trancadas e, depois de percorrer de um lado e voltar pelo outro tentando abrir cada porta, veio andando muito triste até o meio, pensando no que deveria fazer para sair dali.

De repente, viu uma mesinha toda de vidro apoiada num tripé; em cima, havia apenas uma pequena chave dourada, e Alice imaginou que poderia servir para abrir uma das portas do corredor, mas, que pena! Ou as fechaduras eram grandes demais, ou a chave era muito pequena, e ela não conseguiu abrir nenhuma delas. No entanto, ao olhar de novo, encontrou uma cortina baixa que não vira antes e, atrás dela, havia uma portinha com trinta centímetros de altura: testou a chavinha dourada na fechadura e, para a sua grande alegria, ela serviu!

Alice abriu a porta, e viu uma estreita passagem, não muito maior do que um buraco de rato: abaixou-se e, após a passagem,

vislumbrou o mais lindo jardim que já vira em toda a sua vida! Como queria sair daquele corredor escuro e andar entre os canteiros de flores viçosas e fontes límpidas, mas nem a sua cabeça passava pela porta; "e mesmo que *passasse*", pensou a pobre Alice, "de nada adiantaria sem meus ombros. Ah, como queria poder encolher como um telescópio! Acho até que eu conseguiria, se soubesse como". Depois de tantas coisas estranhas que haviam acontecido até ali, Alice começou a acreditar que poucas de fato seriam realmente impossíveis.

Como não adiantava ficar esperando do lado da portinha, voltou até a mesa, pensando em encontrar outra chave, ou até mesmo um manual que a ensinasse a encolher como um telescópio: desta vez, viu uma garrafinha ("que, definitivamente, não estava ali antes", pensou Alice) e, no gargalo, tinha uma etiqueta

pendurada, onde se lia "BEBA-ME" lindamente impresso em letras bem grandes.

Tudo bem que dissesse "Beba-me", mas Alice, que era muito esperta, não iria *beber* sem checar antes.

— Não, eu vou verificar primeiro — ela disse — e ver se está escrito "*veneno*" ou não.

Alice havia lido muitas histórias sobre crianças que tinham se queimado, ou que foram devoradas por animais selvagens, entre outras coisas desagradáveis, só porque não se lembraram de regras simples que tinham aprendido como um ferro em brasa que queima se o segurarmos por muito tempo; se cortarmos o dedo *muito* fundo com uma faca, ele irá sangrar; e nunca esqueceu que, se bebesse o líquido de uma garrafa onde estivesse escrito '*veneno*', muito provavelmente lhe faria mal, mais cedo ou mais tarde.

No entanto, a garrafa *não* tinha um rótulo escrito 'veneno', por isso, Alice arriscou experimentar e, ao sentir um sabor muito bom (de fato era uma mistura de torta de cereja, pudim, abacaxi, peru assado, caramelo e torrada quente com manteiga), logo acabou bebendo todo o conteúdo.

— Que sensação esquisita! — disse Alice. — Devo estar encolhendo como um telescópio!

E, de fato, isso aconteceu: estava agora com apenas vinte e cinco centímetros de altura, e seu rosto se iluminou ao perceber que esse era o tamanho certo para passar pela portinha e entrar naquele maravilhoso jardim. Primeiro, porém, esperou alguns segundos para ver se iria encolher mais ainda; ficou um pouco nervosa por causa disso, "porque, como sabe", disse Alice a si mesma, "isso pode me extinguir como uma vela. Como eu ficaria, então?" E tentou imaginar a chama de uma vela apagada, sem saber se já havia visto isso.

Depois de algum tempo, ao ver que não acontecia mais nada, decidiu ir até o jardim, mas, pobre Alice! Ao chegar à porta, percebeu que esquecera a chavinha dourada e, ao voltar à mesa para pegá-la, não podia mais alcançá-la: conseguia vê-la claramente através do tampo de vidro, e tentou escalar uma das pernas da mesinha, mas estava muito escorregadio e, ao se cansar, a pobrezinha se sentou no chão e chorou.

— Vamos, não adianta chorar assim! — disse Alice para si mesma, de um modo um tanto ríspido. — Faça o favor de parar imediatamente!

Normalmente, sempre se dava bons conselhos (embora raramente os seguisse) e, às vezes, repreendia-se de uma forma tão dura que acabava chorando. Lembrou-se que, certa vez, tentou estapear a própria orelha por ter trapaceado jogando *croquet* sozinha, pois esta curiosa criança gostava de fingir ser duas pessoas. "Mas, agora não adianta", pensou a pobre Alice, "fingir que sou duas! Ora, mal há o bastante de mim para ser *uma* pessoa inteira!".

Em seguida, encontrou uma caixinha de vidro sob a mesa: abriu-a e achou um bolinho com a frase "COMA-ME" lindamente escrita com groselhas.

— Bem, vou comê-lo — disse Alice — e, se me fizer crescer, poderei alcançar a chave; e, se me fizer encolher, passarei por baixo da porta; assim, de um jeito ou de outro, entrarei no jardim, não importa o que aconteça!

Comeu um pedacinho e disse ansiosa para si mesma: "E agora? E agora?", pondo a mão no alto da cabeça para ver se estava crescendo ou diminuindo, e ficou muito surpresa ao ver que continuava do mesmo tamanho.

É isso o que normalmente acontece quando se come um pedaço de bolo, mas Alice já estava tão habituada a ver coisas incomuns acontecerem, que tudo parecia muito chato e estúpido ao ser comum.

Então, continuou a comer e logo terminou o bolo.

Um mar de lágrimas

Que curiosidade mais curiosa! — gritou Alice (ela estava tão surpresa que, naquele momento, esqueceu-se por completo de como falar corretamente). — Agora estou espichando como o maior telescópio do mundo! Adeus, pezinhos! (porque, ao olhar para baixo, eles pareciam ter sumido de tão longe que estavam).

"Pobres pezinhos, não sei quem calçará os seus sapatos e meias, queridos. Pois tenho certeza que não serei *eu*! Estarei longe demais para me ocupar com vocês: deverão se cuidar da melhor forma que puderem, mas devo ser educada com eles", pensou Alice, "senão, quem sabe, não me levarão para onde quero ir! Deixe-me ver: darei a eles um novo par de botas todo Natal". E continuou a planejar como deveria fazer isso.

"Terei de enviá-las pelo correio", ela pensou. "Será muito engraçado mandar presentes para os meus próprios pés! E o endereço será muito esquisito!"

> *Ao Sr. Pé Direito da Alice,*
> *Tapete da Lareira,*
> *Perto do Guarda-fogo*
> *(Com amor, Alice)*

— Minha nossa, quanta bobagem estou dizendo!

Nessa hora, bateu a cabeça no teto do corredor: de fato, estava com quase três metros de altura. Pegou imediatamente a chavinha dourada, e correu até a porta do jardim.

Pobre Alice! O máximo que conseguiu fazer foi se deitar de lado para espiar o jardim com apenas um olho, mas para passar para o outro lado seria mais difícil ainda: sentou-se e começou a chorar de novo.

— Deveria se envergonhar — disse Alice, — uma menina tão grande como você (ela bem que podia dizer isso) chorando desse jeito! Pare imediatamente neste segundo!

Mas continuou a chorar, derramando litros e litros de lágrimas, até se formar um enorme mar à sua volta com quase dez centímetros de profundidade, inundando a metade do corredor.

Depois de um tempo, ouviu passinhos vindo ao longe, e rapidamente enxugou os olhos para ver quem se aproximava. Era o Coelho Branco que voltara elegantemente trajado, com um parzinho de luvas brancas numa das mãos e um imenso leque na outra: saltitava apressado, murmurando para si mesmo:

— Oh! A Duquesa, a Duquesa! Oh! *Como* ela ficará furiosa, se precisar me esperar!

Alice sentia desesperada a ponto de pedir ajuda a qualquer um, então, quando o Coelho chegou perto, começou a falar baixinho, de modo tímido:

— Por favor, Senhor...

O Coelho parou de súbito, deixou cair as luvinhas brancas e o leque, e sumiu na escuridão o mais rápido que pôde.

Alice pegou as luvas e o leque e, como fazia muito calor, começou a se abanar o tempo todo, enquanto falava:

— Minha nossa! Como tudo está estranho hoje! E ontem as coisas estavam tão normais. Será que fui trocada à noite? Deixe-me pensar: eu *era* a mesma quando acordei pela manhã? Acho que eu lembro que me senti um pouco diferente. Mas, se não sou a mesma, a pergunta seguinte é: quem sou eu? Ah, esse é o grande mistério!

E começou a lembrar de todas as crianças que tinham a mesma idade que ela, para verificar se teria sido trocada por uma delas.

— Tenho certeza que eu não sou Ada — disse Alice, — pois ela tem cachos longos e meu cabelo não é cacheado; e tenho certeza que eu não sou Mabel, porque sei muitas coisas. E ela? Oh, ela sabe muito pouco! Além disso, *ela* é ela, *eu* sou eu, e... Minha nossa, como tudo isso é confuso! Vou testar se ainda sei tudo o que eu sabia. Deixe-me ver: quatro vezes cinco são doze, quatro vezes seis são treze, e quatro vezes sete são... Oh, céus! Nunca chegarei a vinte nesse ritmo! Porém, a Tabuada não tem importância: vamos tentar Geografia. Londres é a capital de Paris, e Paris é a capital de Roma, e Roma... Não, *está* tudo errado, eu tenho certeza! Devo ter sido trocada pela Mabel! Vou tentar recitar "Como pode a diligente abelhinha" — e juntou as mãos no colo, como se fosse repetir uma lição decorada, e começou a recitar, mas a sua voz parecia rouca e esquisita, e as palavras não saíam do mesmo modo que antes:

> *Como pode o pequeno crocodilo*
> *Fazer sua cauda brilhar,*
> *Derramando as águas do Nilo*
> *Para cada escama dourar!*

Como parece sorrir feliz,
E estender suas garras,
Engolindo os peixinhos
Com sua imensa bocarra!*

— Tenho certeza de que estas não são as palavras certas! — exclamou a pobre Alice.

Seus olhos se encheram de lágrimas de novo e ela continuou:

— Afinal, devo ser Mabel, e terei de morar naquela casinha apertada, quase sem nenhum brinquedo para brincar e... Ah! E muitas lições para estudar! Não, eu já decidi: se sou Mabel, continuarei aqui embaixo! De nada adiantará virem me dizer: "Suba de novo, querida!" Olharei para cima e perguntarei: "Quem sou eu, afinal? Digam-me isso primeiro e, depois, se gostar de ser essa pessoa, eu subirei: senão, ficarei aqui embaixo, até me tornar outra pessoa".

— Mas, puxa vida! — exclamou Alice, num novo ataque de choro. — Realmente, *gostaria* que olhassem aqui para baixo! Estou *tão* cansada de ficar sozinha!

Ao dizer isso, olhou as suas mãos e se surpreendeu por ter calçado uma das luvinhas brancas do Coelho, enquanto falava. "*Como* eu fiz isso?", ela pensou. "Devo ter encolhido de novo". Levantou-se e foi até a mesinha para medir sua altura, e descobriu que, pelo que podia ver, estava agora com sessenta centímetros de altura, e continuava diminuindo rapidamente: logo viu que isso fora causado pelo leque enquanto ela se abanava, por isso largou-o imediatamente para evitar que sumisse.

---

* Paródia do poema "Against Idleness and Mischief", de Isaac Watts (1674-1748), teólogo inglês, do seu livro *Divine Songs for Children*, de 1715, que começa "Como pode a diligente abelhinha" ("How doth the little busy bee").

— Essa foi por pouco! — exclamou Alice, bem assustada com a súbita mudança, mas muito feliz ao constatar que continuava ali. — E agora vamos ao jardim!

Ela correu a toda até a portinha, mas, que pena! Estava de novo trancada e a chavinha dourada sobre a mesa de vidro outra vez. "E tudo está pior do que antes", pensou a pobre criança, "porque nunca estive tão pequena quanto agora, nunca! E digo que isso é péssimo, ah, se é!".

Ao dizer essas palavras, Alice escorregou e, no instante seguinte, *splash*!, estava com água salgada até o queixo. A primeira impressão foi de que havia caído no mar.

"E, nesse caso, posso retornar de trem", disse Alice para si mesma. (Alice esteve certa vez na costa e chegara à conclusão de que, a qualquer lugar que se vá ao longo do litoral inglês, haverá

um sem número de cabines de praia, crianças cavando a areia com pás de madeira, depois uma fieira de albergues e, atrás deles, uma estação de trem.) No entanto, logo percebeu que havia caído no mar de lágrimas que chorara quando estava com quase três metros de altura.

— Gostaria de não ter chorado tanto! — disse Alice, nadando para sair dali. — Serei castigada por isso agora, eu acho, afogando-me em minhas próprias lágrimas! Isso *será* muito estranho, com certeza! Porém, tudo está estranho hoje!

Nesse momento, ouviu algo se debater na água, um pouco mais longe, e se aproximou para ver o que era: primeiro, pensou que fosse uma morsa ou um hipopótamo, mas lembrou-se que agora estava pequena, e logo percebeu ser apenas um rato que havia caído na água como ela.

"Será que adiantaria", pensou Alice, "falar com esse rato? É tudo tão diferente aqui embaixo, que imagino que ele saiba falar: de qualquer forma, não custa nada tentar".

Então, ela começou:

— Seu Rato, sabe sair deste mar? Estou cansada de nadar, seu Rato! (Alice achou que essa seria a forma correta de falar com o rato: nunca fizera isso antes, mas lembrou-se de ter visto no livro de gramática de latim do irmão: "Um rato, de um rato, para um rato, um rato, seu rato!") O Rato olhou-a de modo inquisitivo, e pareceu piscar um dos olhinhos, mas não disse nada.

"Talvez não saiba falar a minha língua", pensou Alice. "Acredito que seja um rato francês que chegou aqui com Guilherme, o Conquistador". (Porque, com todo o seu conhecimento de História, Alice não tinha muita noção de quando as coisas haviam acontecido.)

Assim, recomeçou: "*Où est ma chatte?*", a primeira frase de seu livro de francês. O Rato saltou fora d'água e pareceu tremer de medo.

— Ah, me perdoe! — exclamou Alice, imediatamente, temendo haver ofendido o pobre bichinho. — Esqueci que não gosta de gatos.

— Não gosto de gatos! — exclamou o Rato, em tom estridente e raivoso. — *Você* gostaria de gatos, se fosse eu?

— Bem, talvez não — respondeu Alice, querendo tranquilizá-lo. — Não se aborreça por isso. Mesmo assim, queria que conhecesse a nossa gata Diná: acho que poderia gostar de gatos, se a visse. Ela é uma gata tão amorosa e calma.

Alice continuou, como se falasse consigo mesma, enquanto nadava lentamente pelo mar de lágrimas:

— Diná fica deitada ronronando ao lado da lareira, lambendo as patas e limpando o focinho. É tão fácil cuidar dela, e ela é a melhor caçadora de ratos... Ah, mil desculpas! — exclamou Alice de novo, pois desta vez o Rato se arrepiou todo e ela percebeu que ele se ofendera. — Não falaremos mais sobre ela, se prefere.

— De fato! — exclamou o Rato, tremelicando até a ponta da cauda. — Como se eu pudesse gostar desse assunto! Nossa família sempre *odiou* gatos: criaturas nojentas, vis e vulgares! Nunca mais repita essa palavra!

— De jeito nenhum! — respondeu Alice, mudando rapidamente o rumo da conversa. — Você... Você gosta... de... de cachorros?

O Rato não respondeu, e Alice continuou falando, animada:

— Há um cãozinho tão bonitinho que mora perto de casa que eu queria que conhecesse! Um pequeno *terrier* de olhos brilhantes e longos pelos castanhos ondulados! Ele busca tudo o que atiramos para ele, senta-se para pedir comida e faz tantas outras coisas... Não consigo lembrar nem da metade do que ele sabe fazer. Seu dono é um fazendeiro, sabe, e diz que ele é muito útil, e que vale cem libras! Diz que mata todos os ratos e... Oh, céus! — exclamou Alice em tom triste. — Acho que eu o ofendi de novo!

O Rato começou a se afastar rápido, fazendo o maior estardalhaço, enquanto nadava. Alice chamou-o com delicadeza:

— Rato querido! Volte e não falaremos mais sobre cães e gatos, se não gosta deles!

Ao ouvir isso, o Rato se virou e nadou devagar de volta até ela: estava pálido (de susto, Alice pensou), e respondeu com voz baixa e trêmula:

— Vamos até aquela margem, e lhe contarei a minha história, então compreenderá por que odeio tanto cães e gatos.

Chegara a hora de partir, pois o mar estava lotado de pássaros e outros animais que haviam caído dentro d'água: um Pato e um Pássaro Dodô, um Papagaio, um Filhote de Águia e várias outras criaturas curiosas. Alice abriu o caminho e o grupo nadou até a margem.

Uma corrida eleitoral e uma história bem comprida

O grupo que se juntou na margem era realmente muito estranho — as aves estavam com as penas encharcadas e os outros animais com os pelos colados no corpo, todos pingando, aborrecidos e extremamente incomodados.

A primeira pergunta, claro, foi como iriam se secar: discutiram sobre isso e, após alguns minutos, Alice achou muito natural conversar com eles como se fosse íntima. De fato, discutiu com o Papagaio, que ficou muito mal-humorado, e apenas disse:

— Sou mais velho do que você e sei o que é melhor.

Alice não aceitou isso sem que ele lhe dissesse a sua idade e, como o Papagaio se recusou a revelar, não havia mais o que dizer.

Afinal, o Rato, que parecia ter alguma autoridade sobre eles, gritou:

— Sentem-se todos! Ouçam-me! *Eu* vou secá-los logo!

Todos se sentaram de imediato, fazendo um grande círculo, com o Rato no centro. Alice encarou-o, ansiosa, pois sabia que acabaria se resfriando se não se secasse logo.

— Aham! — disse o Rato, com ar imponente. — Estão todos prontos? Esta é a história mais *seca* que eu conheço. Silêncio, todos, por favor: "Guilherme, o Conquistador, cuja causa era favorecida pelo Papa, foi logo submetido pelos ingleses, que buscavam líderes, e estavam, há muito, habituados à usurpação e à conquista. Edwin e Morcar, condes da Mércia e da Nortúmbria..."

— Argh! — interrompeu o Papagaio, com um arrepio.

— Perdão? — retorquiu o Rato, franzindo a testa, porém de modo muito educado. — Disse alguma coisa?

— Eu, não! — respondeu o Papagaio.

— Achei que tivesse dito — concluiu o Rato. — Continuando: "Edwin e Morcar, condes da Mércia e da Nortúmbria, o apoiaram, e mesmo Stigand, o patriótico Arcebispo da Cantuária, achou isso aconselhável..."

— Achou *o quê*? — perguntou o Pato.

— Achou *isso*! — replicou o Rato, um pouco irritado. — Claro que sabe o que "isso" significa.

— Sei bem o que "isso" é, quando *eu* o acho — respondeu o Pato. — Em geral, é uma rã ou uma minhoca. A pergunta é: o que o Arcebispo *achou*?

O Rato não deu atenção à pergunta e prosseguiu rapidamente:

— "...achou aconselhável ir com Edgar Atheling encontrar Guilherme e oferecer-lhe a coroa. A atitude de Guilherme, a princípio, foi razoável. A insolência dos seus normandos..." Como está se sentindo agora, querida? — o Rato perguntou a Alice, virando-se para ela.

— Tão molhada quanto antes... — ela respondeu, em tom melancólico. — Não parece que isso vá me secar.

— Nesse caso — anunciou o Dodô, solenemente, colocando-se de pé, — voto pelo adiamento da reunião, para a adoção imediata de soluções mais enérgicas...

— Fale em língua que todos entendam! — interrompeu o Filhote de Águia. — Não sei o significado de metade dessas palavras compridas e, ademais, acho que nem você sabe!

E o Filhote de Águia baixou a cabeça para esconder o riso: alguns dos outros pássaros também começaram a rir.

— O que eu ia dizer — continuou o Dodô, ofendido — era que o melhor para nos secarmos agora seria uma corrida eleitoral.

— O que *é* uma corrida eleitoral? — perguntou Alice, não que ela realmente quisesse saber, mas o Dodô fez uma pausa, pensando que *alguém* fosse dizer alguma coisa, mas logo viu que ninguém iria falar.

— Ora — respondeu o Dodô, — a melhor forma de explicar é fazer.

(Bem, como talvez queira experimentar fazer isso num dia de inverno, contarei como o Dodô fez.)

Primeiro, marcou o trajeto da corrida em uma espécie de círculo ("a forma exata não importa", ele disse), e o grupo se postou ao longo do percurso, em vários lugares. Ninguém gritou: "Um, dois, três e já!", mas começaram a correr e paravam quando queriam, por isso não foi fácil determinar quando a corrida terminou. Porém, após correr por quase meia hora, quando todos já estavam secos, de repente, o Dodô gritou:

— Acabou a corrida!

Todos pararam em círculo, ofegantes, e perguntaram:

— Mas, quem ganhou?

O Dodô não podia responder a esta pergunta sem parar para pensar bastante, então ele se sentou por um bom tempo com um dedo apoiando a testa (a posição em que normalmente se vê Shakespeare representado nas ilustrações), enquanto os demais esperavam em silêncio.

Finalmente, o Dodô disse:

— *Todos* ganharam e *todos* receberão prêmios.

— Mas, quem entregará os prêmios? — perguntaram em coro.

— Ora, *ela*, é claro! — respondeu o Dodô, apontando para Alice, e o grupo todo a cercou imediatamente, gritando todos ao mesmo tempo:

— Prêmios! Prêmios!

Alice não sabia o que fazer e, aflita, pôs a mão no bolso, tirou uma caixa de confeitos (por sorte, a água salgada não os estragara), e distribuiu-os como prêmios. Havia exatamente uma bala para cada um.

— Mas ela tem que receber um prêmio também, não é? — perguntou o Rato.

— Claro — replicou o Dodô, muito sério. — Que mais tem aí no seu bolso? — ele perguntou, virando-se para Alice.

— Apenas um dedal — Alice respondeu, triste.

— Dê-me aqui — disse o Dodô.

Todos se reuniram em torno dela mais uma vez, enquanto o Dodô, solenemente, presenteou-a com o dedal, dizendo:

— Rogamos que aceite este elegante dedal.

E, ao terminar esse pequeno discurso, todos aplaudiram.

Alice achou tudo aquilo um absurdo, mas pareciam tão sérios que não teve coragem de rir e, como não sabia mais o que dizer, fez apenas uma reverência e pegou o dedal da forma mais cerimoniosa que podia.

Em seguida, comeram os confeitos: isso causou muito barulho e confusão, porque os pássaros grandes reclamaram de não sentir o gosto e os pequenos se engasgaram e tiveram de levar tapinhas nas costas. Porém, isso logo terminou, e se sentaram novamente em círculo, pedindo ao Rato que lhes contasse uma história.

— Você me prometeu contar a sua história, lembra-se? — disse Alice. — E por que odeia... C... e G... — ela acrescentou, sussurrando, com receio de ofendê-lo mais uma vez.

— Minha história é longa e triste, como a minha cauda! — disse o Rato, virando-se para Alice, com um suspiro.

— Certamente, você *tem* uma longa cauda — respondeu Alice, olhando, espantada, para a cauda do Rato. — Mas, por que ela é triste?

Alice continuou se perguntando isso, enquanto o Rato falava, e a imagem mental que criou da história era mais ou menos assim:*

A Fúria disse
ao Rato, em
seu lar
entocado:
— Ao tribunal
iremos! Eu te
processarei!
Vem agora,
não sejas
lento.
Teremos
um julgamento,
nesta
manhã estou
desocupado.
O Rato virou-se
para o
pulguento:
— Tal julgamento,
caro senhor,
sem
júri ou
juiz
será um mero
tormento.
— Eu serei
o juiz e o júri!
— continuou a
matreira Fúria —
Tudo
passará
por mim,
sem recesso,
para
condenar-te
à morte,
ao fim
deste
processo.

---

* Lord Alfred Tennyson (1809-1892), certa vez, contou a Carroll que havia sonhado com um longo poema sobre fadas, que começava com versos muito compridos, que iam encurtando até o poema terminar com 50 ou 60 versos de apenas duas sílabas cada um. Tennyson gostou muito do poema no sonho, mas, ao acordar, esqueceu-o completamente. Em seu diário, Carroll dá a impressão de que isso possa ter-lhe dado a ideia de como escrever a história do rato. No original, o poema é outro e se refere ao motivo de ele não gostar de cães e gatos, enquanto este se refere apenas a um rato e a uma fúria.

— Você não está prestando atenção! — reclamou o Rato, zangado, para Alice. — Está pensando em quê?

— Perdoe-me — disse Alice, humildemente. — Você estava na quinta curva, não é?

— Eu, *não*! — gritou o Rato, em tom ríspido e enfurecido.

— Um nó! — disse Alice, sempre solícita e olhando em volta, ansiosa. — Deixe-me ajudar a desatá-lo!

— Não farei nada disso! — exaltou-se o Rato, levantando-se para ir embora. — Você me insulta ao falar tanta bobagem!

— Eu não quis dizer isso! — defendeu-se a pobre Alice. — Mas você se ofende muito facilmente, sabia?

O Rato apenas se virou e resmungou.

— Por favor, volte e termine a sua história! — implorou Alice.

E os outros repetiram em coro:

— Sim, volte, por favor!

Mas o Rato apenas sacudiu a cabeça, impaciente, e acelerou o passo.

— Que pena que ele não tenha ficado conosco! — suspirou o Papagaio, assim que o Rato sumiu.

A Senhora Siri aproveitou para dizer à filha:

— Ah, minha querida! Aprenda esta lição para nunca perder a paciência!

— Cale a boca, mamãe! — respondeu a Senhorita Siri de modo rude. — Você cansa a paciência até de uma ostra!

— Queria que nossa Diná estivesse aqui, isso sim! — exclamou Alice para si mesma. — Ela logo iria buscá-lo de volta!

— E quem é Diná, se posso saber? — perguntou o Papagaio.

Alice logo respondeu, sempre disposta a falar sobre a sua gata de estimação:

— Diná é a nossa gata. Ela é uma caçadora de ratos tão boa que você nem imagina! E, ah, precisava vê-la correndo atrás dos pássaros! Ora, ela engole um assim que o pega!

Suas palavras causaram certo alvoroço no grupo. Algumas aves fugiram imediatamente. A velha Gralha encolheu-se devagar e comentou:

— Tenho que voltar para casa. O ar da noite não faz bem à minha garganta!

E a Canária chamou os filhos, com voz trêmula:

— Venham, meus amores! Já passou da hora de dormir!

Todos foram embora, alegando diversos motivos, e Alice logo ficou sozinha.

— Como gostaria de não ter mencionado a Diná! — disse para si mesma, em tom melancólico. — Ninguém gosta dela por aqui, mas tenho certeza que é a melhor gata do mundo! Ah, minha querida Diná! Será que um dia voltarei a vê-la?

A pobre Alice começou a chorar outra vez, por se sentir muito sozinha e triste. Um pouco depois, ouviu outros passinhos ao longe e levantou a cabeça, pensando que o Rato mudara de ideia e tivesse voltado para terminar a história.

4

O coelho manda o pequeno Bill

Mas era o Coelho Branco que vinha saltitando devagar, olhando em volta, aflito, como se tivesse perdido alguma coisa. Ela o ouviu murmurar para si mesmo:

— A Duquesa! A Duquesa! Oh, minhas queridas patinhas! Oh, meu pelo e meus bigodes! Ela mandará cortar minha cabeça, tão certo quanto dois e dois são quatro! Nem imagino *onde* eu os perdi.

Alice logo adivinhou que ele estivesse procurando pelo leque e o par de luvas brancas e, por ser sempre gentil, começou a procurá-los também, mas não os via mais em lugar nenhum — tudo parecia diferente depois de ter nadado naquele mar de lágrimas, e o corredor, a mesinha de vidro e a portinha haviam desaparecido também.

O Coelho logo avistou Alice enquanto ela procurava, e chamou-a, zangado:

— Ora, Mary Ann, o que *está* fazendo aqui? Vá até em casa correndo agora mesmo e pegue um par de luvas e um leque para mim! Rápido, já!

Alice se assustou de tal modo, que correu na mesma hora na direção que lhe apontou, sem tentar explicar o erro que ele havia cometido.

— Ele pensou que eu fosse sua criada — murmurou Alice para si mesma, enquanto corria. — Que susto levará quando descobrir quem eu sou! Mas é melhor eu buscar o leque e as luvas, ou seja, se eu conseguir encontrá-los!

Assim que disse isso, chegou a uma linda casinha, onde havia uma placa de latão brilhante pendurada na porta com os dizeres: "Coelho B." Entrou sem bater e subiu as escadas com medo de ver a verdadeira Mary Ann e ser expulsa da casa antes de achar as luvas e o leque.

— Como é estranho — pensou Alice — receber ordens de um Coelho! Daqui a pouco, Diná começará a mandar em mim também!

E passou a imaginar o que poderia acontecer:

— Senhorita Alice! Venha já aqui e arrume-se para ir passear!

— Num minuto, babá! Porém, preciso vigiar este buraco até Diná voltar para não deixar que o rato fuja! Só acho — continuou Alice — que não deixariam Diná em casa, se ela começasse a me dar ordens desse jeito!

Nesse momento, entrou num quartinho todo arrumado, com uma mesa junto à janela e, em cima (como ela esperava), havia um leque e dois ou três pares de luvinhas brancas: pegou o leque e um par de luvas, e estava a ponto de sair do quarto, quando viu uma garrafinha do lado do espelho. Desta vez, não havia uma etiqueta escrito "BEBA-ME", mas, mesmo assim, tirou a rolha e bebeu. "Sei que *algo* interessante sempre acontece", pensou, "quando como ou bebo alguma coisa: assim, verei o que esta garrafinha vai fazer. Realmente, espero que me faça aumentar de novo de tamanho, pois estou cansada de ser tão pequenininha!"

Esse foi o resultado e muito mais cedo do que ela pensou: antes de beber a metade da garrafa, sua cabeça bateu no teto e precisou se abaixar para não quebrar o pescoço. Largou a garrafa imediatamente, dizendo para si mesma:

— Isso já é o bastante: espero logo parar de crescer. Assim não consigo mais passar pela porta. Por que fui beber tanto?

Ah, mas era tarde demais para isso! Continuou crescendo e crescendo, e logo precisou se agachar: em mais um minuto, não haveria espaço nem para isso, e deitou-se com um cotovelo apoiado contra a porta e o outro braço em volta da cabeça. Ela continuava a crescer e, como último recurso, esticou um braço pela janela e um pé pela chaminé e pensou: "Não importa o que vá acontecer. Não posso fazer mais nada. O *que* será de mim?".

Para sua sorte, o efeito mágico do líquido da garrafinha cessou e ela parou de crescer: mesmo assim, ainda estava muito apertado ali e, como não conseguia sair do quarto, sentiu-se muito infeliz.

"Era muito mais agradável em casa", pensou a pobre Alice, "quando eu não aumentava nem diminuía de tamanho, nem recebia ordens de ratos e coelhos. Como eu gostaria de não ter descido pela toca do coelho, mas, apesar disso, é muito curioso viver desse jeito! Fico pensando *o que* está acontecendo comigo. Quando lia contos de fada, achava que esse tipo de coisa nunca ocorria, e agora estou aqui no meio de um desses contos! Deve existir um livro sobre mim, ah, deve existir, sim! E, quando eu crescer, escreverei um, mas já sou grande agora", acrescentou com o ar triste, "pelo menos, não mais há espaço para eu crescer aqui".

"Mas, então", pensou Alice, "*nunca* ficarei mais velha do que sou agora? Por um lado, isso é um consolo — jamais me tornarei uma velha — mas continuarei tendo de fazer lições! Ah, acho que não vou gostar nem um pouco *disso*!".

— Ah, Alice, que boba! — respondeu para si mesma. — Como poderá estudar aqui? Ora, mal há espaço para *você* e nenhum espaço para livros!

E continuou falando, trocando de lado e travando um belo debate, mas, após alguns minutos, ouviu uma voz do lado de fora e parou para prestar atenção.

— Mary Ann! Mary Ann! — gritou a voz. — Traga-me minhas luvas neste minuto!

Ouviu passinhos subindo a escada. Alice sabia que o Coelho estava vindo atrás dela. Ela tremeu tanto que sacudiu a casa, esquecendo que agora estava mil vezes maior que o Coelho, portanto, não tinha motivo para temê-lo.

Em seguida, o Coelho tentou abrir a porta, mas, como abria para dentro e o cotovelo de Alice estava do outro lado, ele não conseguiu entrar.

Alice ouviu o Coelho dizer para si mesmo:

— Vou dar a volta e entrar pela janela.

"Não vai, não!", pensou Alice e, depois de esperar até ouvir o Coelho bem embaixo da janela, esticou a mão e tentou pegar alguma coisa no ar. Não pegou nada, mas ouviu um gritinho, um barulho de queda e o estilhaçar de vidro, e concluiu que, provavelmente, tinha caído sobre uma estufa de pepinos, ou algo assim.

Depois, ouviu uma voz furiosa — a do Coelho:

— Pat! Pat! Onde está você?

Então, uma voz que Alice não tinha ouvido antes disse:

— Estou bem aqui! Cavando maçãs, Excelência!

— Cavando maçãs, sei! — respondeu o Coelho, raivoso. — Ouça! Venha me ajudar a sair *daqui*!

(Mais barulho de vidro estilhaçado.)

— Agora, me diga, Pat, o que é aquilo na janela?

— Certamente, é um braço, Excelência!

(Ele disse *um'raço*.)

— Um *braço*, seu pateta? Onde se viu um braço daquele tamanho? Ora, é do mesmo tamanho da janela!

— Certamente é, Excelência, mas é um braço, assim mesmo.

— Está bem, mas não poderia estar ali: vá e tire-o de lá!

Fez-se um longo silêncio depois disso e Alice somente ouviu sussurros, que diziam:

— Claro que não gosto, Excelência, de jeito nenhum!

— Faça o que eu disse, seu covarde!

E, por fim, Alice esticou a mão de novo e tentou pegar algo mais no ar. Desta vez, ouviu *dois* gritinhos e mais barulho de vidro estilhaçado. "Quantas estufas de pepino têm ali?", pensou Alice. "O que eles farão a seguir? Quanto a me puxar pela janela, como gostaria que *pudessem* fazer isso! Com certeza, não quero ficar aqui nem mais um minuto!"

Esperou algum tempo em silêncio, até que, finalmente, ouviu o som de rodinhas de uma carreta, e muita gente falando ao mesmo tempo:

— Onde está a outra escada?

— Ora, eu só tinha que trazer uma. Bill trouxe a outra.
— Bill! Pegue a escada aqui, rapaz!
— Aqui, coloque-as neste canto...
— Não, amarre-as primeiro!
— Elas não chegam nem à metade da altura.
— Ah! Vai dar direitinho, não implique.
— Ei, Bill! Agarre essa corda...
— O telhado vai aguentar?
— Cuidado com essa telha solta.
— Oh, está caindo! Cuidado, olhem as cabeças aí embaixo! (Ouviu-se um grande estrondo.)
— Agora, quem fez isso?
— Foi Bill, eu acho.
— Quem vai descer pela chaminé?
— Eu, não! Desça *você*!
— Não farei isso!
— Bill terá que descer.
— Ei, Bill! O chefe disse que terá que descer pela chaminé!

— Ah! Bill tem que descer pela chaminé, não é? — disse Alice. — Ora, parece que colocam tudo em cima do Bill! Não queria estar no lugar dele: essa lareira é de fato muito estreita, mas *acho* que consigo chutá-la!

Alice esticou o pé pela chaminé e esperou até ouvir um bichinho (não sabia qual) arranhando e descendo pela chaminé logo acima dela, então, pensou: "É o Bill!" Deu um chute e esperou o que iria acontecer. A primeira coisa que ouviu foram vozes dizendo em coro:

— Lá vai o Bill!

Depois o Coelho disse sozinho:

— Pegue-o, você aí, junto da cerca!

Fez-se um silêncio e, depois, outro vozerio:

— Segurem a cabeça dele!
— Conhaque, agora!
— Não o afoguem!
— Como está, amigo? O que aconteceu com você? Conte-nos tudo!

Por último, ouviu-se uma voz fraquinha e aguda ("Esse é o Bill", pensou Alice):

— Bem, eu nem sei. Chega, obrigado, estou melhor agora, mas estou muito confuso para contar tudo a vocês, tudo o que sei é que algo me chutou e fui lançado no ar como um rojão!

— E foi mesmo, amigo! — responderam em coro.

— Temos que queimar a casa! — disse a voz do Coelho.

E Alice gritou o mais alto que pôde:

— Se fizerem isso, vou soltar Diná atrás de vocês!

Houve um silêncio mortal imediato, e Alice pensou: "O que eles *farão* agora? Se tivessem bom senso, arrancariam o telhado". Depois de alguns minutos, recomeçaram o movimento, e Alice ouviu o Coelho dizer:

— Um carrinho de mão cheio dá, para começar.

"Um carrinho de mão cheio de *quê*?", pensou Alice. Mas não precisou adivinhar por muito tempo, pois, no instante seguinte, uma chuva de pedregulhos entrou pela janela e alguns acertaram seu rosto.

— Vou dar um jeito nisso — disse Alice para si mesma.

E gritou:

— É melhor não fazerem isso de novo!

Novamente, fez-se um silêncio mortal.

Alice percebeu, um tanto surpresa, que os pedregulhos, ao baterem no chão, se transformavam em bolinhos, então, teve uma brilhante ideia: "Se eu comer um desses bolinhos", ela pensou, "certamente, mudará *um pouco* o meu tamanho e, como não há como eu aumentar mais, deverei diminuir, eu suponho".

Comeu um dos bolinhos e ficou feliz ao começar a diminuir imediatamente. Assim que atingiu a altura suficiente para passar pela porta, saiu correndo da casa e encontrou uma multidão de animaizinhos e pássaros esperando do lado de fora. O pobre lagartinho Bill estava entre eles, amparado por dois porquinhos-da-índia, que lhe davam para beber um líquido de uma garrafa. Todos correram até ela assim que Alice apareceu, mas fugiu o mais depressa que pôde, e logo se viu a salvo numa espessa floresta.

— Primeiro, o que tenho que fazer — disse Alice para si mesma, vagando pelo bosque — é voltar ao meu tamanho normal e, segundo, é entrar naquele maravilhoso jardim. Acho que este é o melhor plano.

Parecia um excelente plano, sem dúvida, muito claro e simples. A única dificuldade é que não sabia como executá-lo e, enquanto passeava o olhar entre as árvores, um latido agudo fez com que ela virasse, rápido, a cabeça para cima.

Um filhote de cachorro enorme fitava-a com grandes olhos redondos, esticando devagar uma das patas para poder tocá-la.

— Pobrezinho! — exclamou Alice, em tom gentil, tentando assobiar, mas ficou com medo que ele estivesse com fome e por isso quisesse devorá-la, mesmo depois de elogiá-lo tanto.

Sem pensar, pegou um graveto e levantou-o para mostrá-lo ao cãozinho: ao vê-lo, saltou no ar, ganiu de felicidade e correu atrás do graveto para pegá-lo. Alice se agachou por trás de um grande cardo para não ser atropelada e, ao ressurgir do outro lado, o cãozinho correu mais uma vez atrás do graveto, e deu uma rápida cambalhota. Alice pensou que isso parecia o mesmo que brincar com um cavalinho de madeira, e poderia, a qualquer momento, ser pisoteada, por isso correu para trás do cardo de novo. Então, o filhote começou a correr várias vezes atrás do graveto, um pouco para frente e um pouco mais para trás, latindo alto o tempo todo, até finalmente se sentar um pouco mais afastado, arfando, com a língua pendurada para fora da boca, semicerrando os grandes olhos.

Alice achou que era uma boa oportunidade para escapar: levantou-se imediatamente e correu até ficar sem fôlego e o latido do filhote estar bem distante.

— Ainda assim, que cãozinho bonitinho que ele era! — disse Alice, deitando-se num ranúnculo para descansar, abanando-se com uma das folhas.

— Adoraria ensinar alguns truques para ele, se... se eu estivesse do tamanho certo para isso! Oh, céus! Quase esqueci que tenho que crescer novamente! Deixe-me ver... Como *posso* fazer isso? Creio que eu deva comer ou beber alguma coisa, mas a grande pergunta é: "O quê?"

A grande pergunta, com certeza, era "O quê?" Alice olhou em volta para as flores e a grama, mas não viu nada apetitoso para comer ou beber. Havia ali bem perto um grande cogumelo, quase da mesma altura que ela e, ao olhar embaixo, dos lados e atrás, pensou que também deveria olhar do lado de cima.

 Ficou na ponta dos pés para espiar pela beirada do cogumelo e viu uma grande lagarta azul, bem no alto, sentada de braços cruzados, calmamente fumando um longo narguilé, sem prestar nenhuma atenção nela, nem em nada mais.

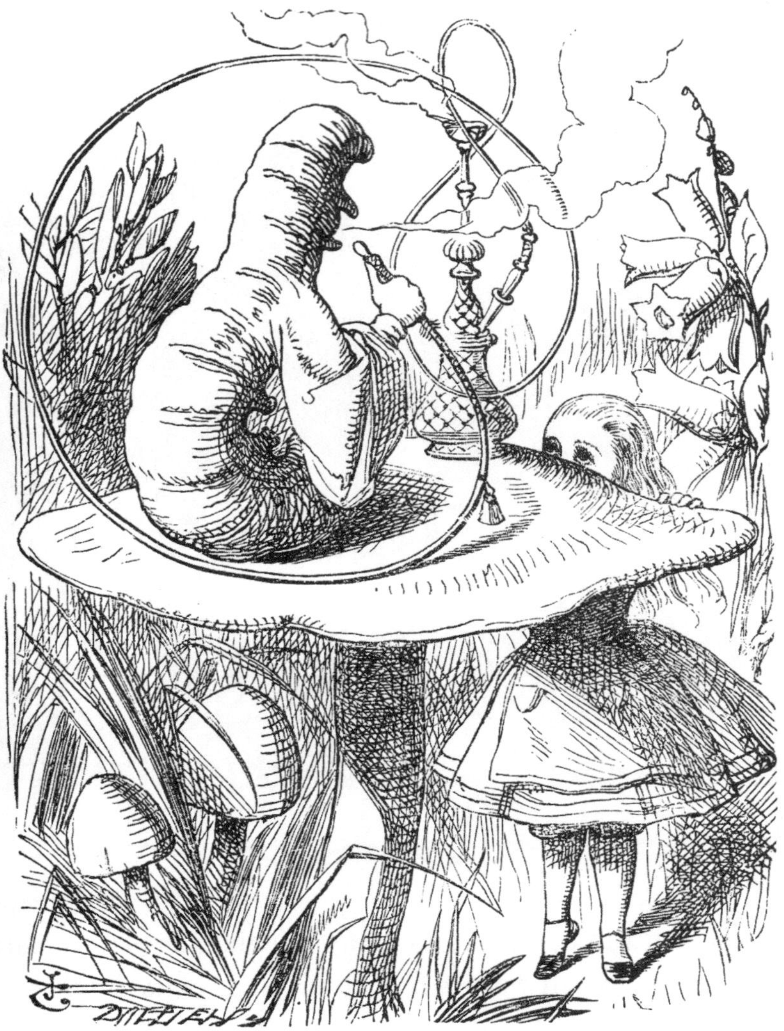

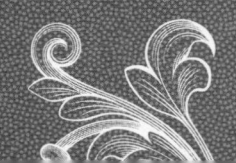

O conselho da lagarta

A Lagarta e Alice se entreolharam sem dizer nada por algum tempo: afinal, a Lagarta tirou o narguilé da boca e dirigiu-se a ela, com uma voz lânguida e sonolenta:
— Quem... é... *você*?... — inquiriu a Lagarta.
Essa não foi uma forma muito animada de iniciar uma conversa. Alice respondeu, tímida:
— Eu... Neste momento, não sei dizer muito bem, Senhora. Ao menos, sei quem eu *era* quando acordei hoje de manhã, mas creio que deva ter mudado várias vezes desde então.
— O que quer dizer com isso? — perguntou a Lagarta, muito séria. — Explique-se!
— Creio que eu não saiba *me* explicar, Senhora — respondeu Alice, — porque não sou eu mesma, entende?
— Não entendo — respondeu a Lagarta.
— Creio que eu não possa ser mais clara — replicou Alice, muito educadamente, — porque nem eu entendo, para começo de conversa, e ter vários tamanhos num mesmo dia é muito confuso.

— Não é, não — atalhou a Lagarta.

— Bem, talvez ainda não saiba disso — explicou Alice, — mas quando se transformar numa crisálida e, um dia, certamente, se transformará e, depois disso, numa borboleta, acho que se sentirá um pouco estranha, não é?

— Nem um pouco — replicou a Lagarta.

— Bom, talvez *seus* sentimentos mudem — respondeu Alice, — mas tudo o que sei é que seria muito esquisito para mim.

— Você! — exclamou a Lagarta, com desdém. — Quem é *você*?

Isso levou-as de volta ao início da conversa. Alice ficou um pouco irritada com as respostas muitos curtas da Lagarta e, depois de suspirar fundo, disse, bem séria:

— Creio que, primeiro, deveria me dizer quem *você* é.

— Por quê? — perguntou a Lagarta.

Essa era outra pergunta confusa e, desconhecendo um bom motivo, e a Lagarta parecesse *muito* mal-humorada, Alice virou as costas.

— Volte aqui! — exclamou a Lagarta. — Tenho algo importante para lhe dizer!

Isso parecia bom, com certeza. Alice deu meia-volta e aproximou-se de novo.

— Controle-se — disse a Lagarta.

— Só isso? — perguntou Alice, engolindo a raiva em seco.

— Não — completou a Lagarta.

Alice pensou em esperar, por não ter mais nada para fazer e, talvez, afinal, pudesse lhe falar algo que valesse a pena ouvir. Por alguns minutos, a Lagarta deu umas baforadas sem dizer nada e, por fim, descruzou os braços, tirou o narguilé de novo da boca e comentou:

— Então você pensa que mudou, não é?

— Creio que tenha mudado, Senhora — respondeu Alice. — Não consigo me lembrar das coisas como antes, e não continuo com a mesma altura por mais de dez minutos!

— De *que* coisas não se lembra? — perguntou a Lagarta.

— Bem, tentei recitar "A diligente abelhinha", mas saiu tudo diferente! — respondeu Alice, muito melancólica.

— Recite "O senhor está velho, Pai William" — pediu a Lagarta.

Alice juntou as mãos e começou:

O senhor está velho, Pai William, disse o jovem,
  Seu cabelo está todo branco;
Mesmo assim, planta bananeira tão bem!
  Acha que isso está certo na sua idade? Seja franco.

Quando eu era jovem, Pai William respondeu ao filho,
  Temia que minha cabeça se partisse;
Mas, hoje, tenho certeza que sou um desmiolado sadio!
  Eu me divirto de novo como se nada sentisse.

O senhor está velho, repetiu o jovem, sem chacota,
  O senhor engordou até demais;
Mas passou pela porta com uma cambalhota —
  Pergunto-lhe se irá aprontar ainda mais?

Quando eu era jovem, disse, sacudindo os cachos brancos,
  Mantive meu corpo flexível
Usando este unguento — de um xelim a caixa —
  Permita-me que lhe venda, se for possível?

O senhor está velho, disse o jovem, seus dentes fracos
  Não aguentam comer senão miúdos;
Mesmo assim, devorou o ganso, com os ossos, até o bico —
  Eu pergunto, como conseguiu fazer isso tudo?

Quando eu era jovem, continuou o pai, aprendi a lei,
  Discuti todos os casos com minha esposa querida;
E a força muscular que me deu à mandíbula, eu sei,
  Fortaleceu-me pelo resto da vida.

O senhor está velho, disse o jovem, e ninguém acredita
  Quanta precisão ainda resta de sua vista.
Mas equilibrou uma enguia no nariz como uma fita —
  O que o fez ter essa destreza jamais vista?

Respondi a três perguntas, e agora chega de besteiras!
Disse o pai. Não seja tão prazenteiro!
Acha que tenho tempo de sobra para bobeiras?
Saia daqui, senão esquento-lhe o traseiro!*

— Isso não está certo — resmungou a Lagarta.

— Não *exatamente* certo, eu suponho — respondeu Alice, meio tímida. — Algumas palavras mudaram.

— Está errado do começo ao fim — respondeu a Lagarta, incisiva, e ficaram em silêncio por alguns minutos.

---

* Paródia do poema didático de Robert Southey (1774-1843), "The Old Man's Comforts and How He Gained Them" ("O bem-estar de um homem de idade e como ele o conquistou").

A Lagarta foi a primeira a falar:

— Que altura quer ter? — perguntou a Lagarta.

— Ah, não faço questão de nenhuma altura — respondeu Alice de pronto, — apenas não gosto de mudar o tempo todo, entende?

— Eu *não* entendo — replicou a Lagarta.

Alice não respondeu: nunca fora tão contrariada em toda a sua vida antes e sentiu que estava a ponto de perder a paciência.

— Está satisfeita agora? — perguntou a Lagarta.

— Bom, gostaria de ser um *pouquinho* mais alta, Senhora, se não se importa — respondeu Alice. — Sete centímetros e meio é uma altura terrível de ter.

— É, na verdade, uma excelente altura! — exclamou a Lagarta, furiosa, pondo-se de pé, enquanto falava (ela tinha exatamente sete centímetros e meio de altura).

— Mas não estou habituada a ter esse tamanho! — lamentou, triste, a pobre Alice.

Ela pensou: "Gostaria que essas criaturas não se ofendessem com tanta facilidade!".

— Com o tempo, irá se habituar — respondeu a Lagarta, colocando o narguilé na boca e começando a fumar de novo.

Dessa vez, Alice esperou pacientemente, até ela falar outra vez. Poucos minutos depois, a Lagarta tirou o narguilé da boca, bocejou uma ou duas vezes e estremeceu inteira. Desceu do cogumelo e começou a se arrastar pela grama, fazendo apenas um comentário, enquanto avançava:

— Um lado a fará crescer e o outro lado a fará diminuir!

"Um lado do *quê*? O outro lado do *quê*?", pensou Alice.

— Do cogumelo! — respondeu a Lagarta, como se ela tivesse ouvido a pergunta de Alice em voz alta e, em seguida, sumiu.

Continuou olhando pensativa para o cogumelo por um instante, tentando entender quais seriam os dois lados. Como era perfeitamente redondo, achou que fosse um problema muito difícil de resolver. Por fim, abraçou o cogumelo até onde seus braços alcançavam e arrancou um pedaço de cada lado.

"E cada um faz o quê?", perguntou para si mesma, e mordiscou um pouco do pedacinho da mão direita para ver o resultado: imediatamente sentiu uma pancada debaixo do queixo quando este bateu nos pés!

Ficou muito assustada com essa mudança repentina, mas percebeu que não havia tempo a perder, pois estava encolhendo rapidamente: começou a comer um pouco do outro pedaço. O queixo estava tão perto dos pés, que mal conseguia abrir a boca, mas, afinal, conseguiu abri-la e mordeu um naco da mão esquerda.

— Enfim, minha cabeça está livre! — exultou Alice, feliz, o que, no minuto seguinte, mudou para desespero ao perceber que não conseguia mais ver os seus ombros: tudo o que enxergava, ao olhar para baixo, era um pescoço muito longo que se elevava como um caule acima de uma extensa folhagem logo abaixo.

— O que *é* esse verde todo? — perguntou Alice. — E *onde* foram parar os meus ombros? E, ah, minhas pobres mãozinhas, por que não consigo mais vê-las?

Ela gesticulava enquanto falava, mas não conseguia ver as mãos, a não ser uma leve sacudida entre as folhas abaixo.

Sem conseguir colocar as mãos na cabeça, tentou abaixá-la até a altura das *mãos*, e adorou descobrir que conseguia dobrar seu pescoço facilmente em todas as direções, parecendo uma serpente. Conseguiu fazer um gracioso zigue-zague e já ia mergulhar entre as folhas, que eram apenas as copas das árvores no caminho por onde andara, quando um som estridente fez com que se erguesse de imediato: uma grande pomba se aproximou do seu rosto, batendo-o violentamente com as asas.

— Sua serpente! — gritou a Pomba.

— *Não* sou uma serpente! — exclamou Alice, indignada. — Deixe-me em paz!

— Sua serpente, eu repito! — tornou a dizer a Pomba, num tom um pouco mais suave e acrescentou, quase soluçando — Tentei de todo jeito, mas nada parece agradá-las!

— Não sei do que está falando — disse Alice.

— Já tentei usar raízes de árvores, bancos e cercas — continuou a Pomba, sem prestar atenção nela, — mas aquelas serpentes! Não tem como agradá-las!

Alice ficou cada vez mais confusa, mas pensou ser melhor não dizer mais nada até a Pomba parar de falar.

— Como se não fosse trabalho suficiente chocar os ovos — disse a Pomba, — ainda tenho que ficar de olho nas serpentes, noite e dia! Ora, não preguei o olho nem um minuto nessas três semanas!

— Sinto muito pelo que tem passado — disse Alice, que começou a compreender a que a Pomba se referia.

— E logo quando peguei a árvore mais alta da floresta — continuou a Pomba, falando num tom esganiçado, — e quando afinal pensei que tivesse me livrado delas, vieram serpenteando do céu! Ah, essas Serpentes!

— Mas eu *não* sou uma serpente, juro! — disse Alice. — Sou uma... Sou uma...

— Bem! *O que* você é, então? — perguntou a Pomba. — Vejo que está tentando inventar alguma coisa!

— Eu... Eu sou uma menina — disse Alice, um pouco insegura, lembrando o número de vezes que mudara ao longo do dia.

— Que invenção essa a sua! — respondeu a Pomba, com ar de profundo desprezo. — Já vi muitas meninas, mas nunca *uma* com um pescoço desses! Não, não! Você é uma serpente, e não adianta tentar negar isso. Suponho que vai me dizer, em seguida, que nunca comeu ovos!

— Com certeza eu *já* comi ovos — disse Alice, por ser uma criança muito sincera, — mas meninas comem ovos tanto quanto as serpentes, sabia?

— Não acredito nisso — respondeu a Pomba, — mas, se comem, ora, são um tipo de serpente: essa é a minha conclusão.

Essa ideia era tão nova para Alice que ficou em silêncio por quase dois minutos, o que deu à Pomba a chance de acrescentar:

— Está procurando por ovos, eu sei bem *disso*, e o que me interessa se você é uma menina ou uma serpente?

— Interessa muito para *mim* — respondeu Alice, de imediato, — mas não estou procurando por ovos agora e, se estivesse, não iria querer os seus. Não gosto de ovo cru.

— Bem, então, saia daqui! — exclamou a Pomba, zangada, pousando outra vez no ninho.

Alice se abaixou entre as árvores do melhor jeito que pôde, pois seu pescoço continuava a se enroscar nos galhos e, vez por outra, tinha que parar para desenroscá-lo. Depois de algum tempo, lembrou-se que ainda tinha os pedaços do cogumelo em cada mão, e começou a comê-los com cuidado, mordiscando um e depois o outro, aumentando e diminuindo de tamanho, um pouco de cada vez, até atingir a altura certa.

Fazia tanto tempo que não ficava do seu tamanho real, que, a princípio, pareceu-lhe estranho, mas logo se habituou, e começou a falar consigo mesma, como de costume: "Ora, consegui realizar a metade do meu plano! Como são confusas todas essas mudanças! Nunca sei no que vou me transformar de um minuto para o outro! No entanto, voltei ao meu tamanho normal: a próxima coisa a fazer é entrar naquele lindo jardim. Como eu *conseguirei* fazer isso?".

Em seguida, chegou a uma clareira, onde havia uma casinha de um metro e meio de altura. "Quem mora ali?", pensou Alice. "Não adianta chegar *neste* tamanho: assim irei assustá-los!" Começou a lambiscar o pedaço da mão direita de novo, e não se aproximou da casa até diminuir de tamanho e ficar apenas com vinte e três centímetros de altura.

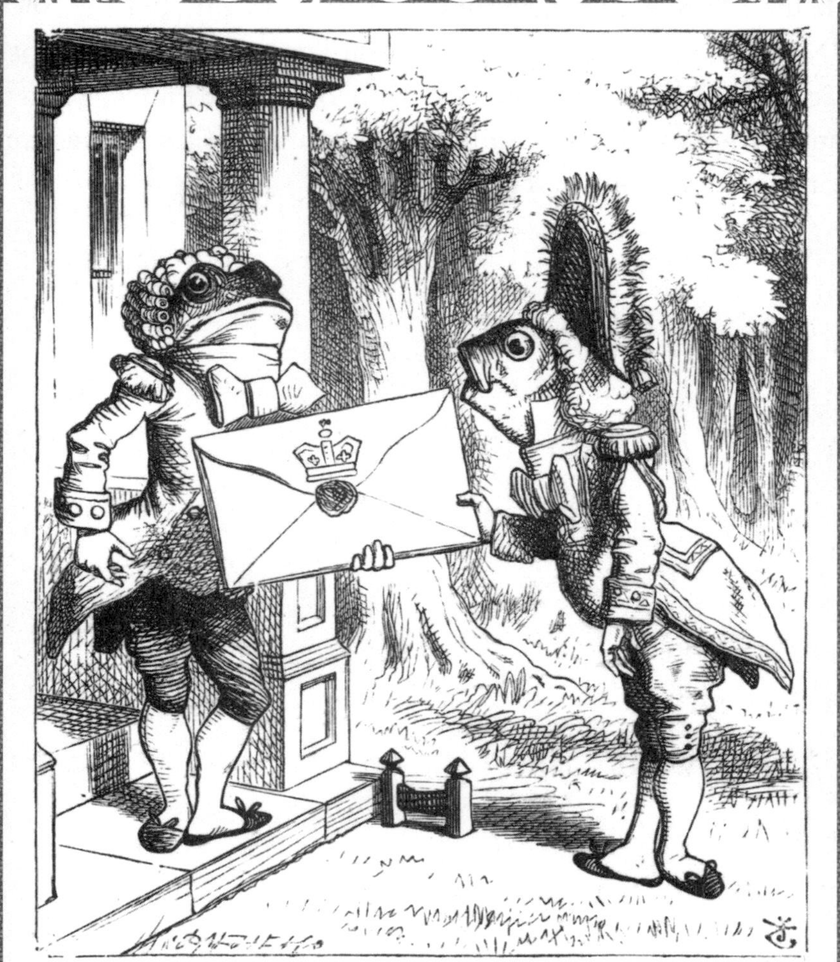

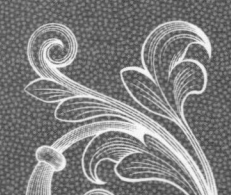

Porco e pimenta

Por um instante, Alice olhou para a casinha, imaginando o que deveria fazer em seguida quando, de repente, um lacaio de uniforme saiu correndo da floresta — (achou que deveria ser um lacaio por causa do uniforme; de outro modo, a julgar pelo seu rosto, parecia um peixe) — e bateu com força na porta. Ela se abriu e, de dentro, surgiu outro lacaio uniformizado, de rosto redondo e olhos esbugalhados como um sapo e, ambos, Alice notou, usavam perucas brancas empoadas, com cachos que caíam sobre os ombros. Alice queria muito saber o que eles estavam fazendo, e aproximou-se para poder ouvi-los.

O Peixe-Lacaio trazia, sob o braço, uma grande carta, quase tão grande quanto ele, e entregou-a ao outro, dizendo, em tom solene:

— Para a Duquesa. Convite da Rainha para jogar *croquet*.

O Sapo-Lacaio repetiu, com o mesmo tom solene, apenas mudando um pouco a ordem das palavras:

— Da Rainha. Convite à Duquesa para jogar *croquet*.

Os dois se curvaram fazendo uma longa reverência, até os cachos das perucas se enroscarem.

Alice riu tanto ao ver isso que precisou voltar à floresta por medo que ouvissem sua risada e, quando olhou novamente, o Peixe-Lacaio tinha ido embora, e o outro se sentou no chão ao lado da porta, com ar apatetado, olhando para o céu.

Alice aproximou-se e bateu.

— Não adianta bater — disse o Lacaio, — e por duas razões: primeiro, porque estou do mesmo lado que você; segundo, porque estão fazendo um barulho tão grande lá dentro, que ninguém poderá ouvi-la.

E, de fato, fazia um barulho imenso do lado de dentro — urros e espirros seguidos e, no meio disso tudo, ouviu-se um grande estrondo, como se um prato ou um bule tivesse se espatifado.

— Por favor, diga-me, então — pediu Alice, — como faço para entrar?

— Faria algum sentido bater — continuou o Lacaio, sem responder à pergunta, — se a porta estivesse entre nós. Por exemplo, se estivesse do lado de dentro, poderia bater e eu a deixaria sair, entende?

Ficou mirando o céu enquanto falava e Alice achou aquilo muito grosseiro. "Mas talvez ele não saiba falar de outro jeito", pensou Alice. "Tem os olhos *muito* no alto da cabeça, mas, de qualquer jeito, deve saber responder perguntas".

— Como faço para entrar? — repetiu em voz alta.

— Ficarei aqui sentado — observou o Lacaio — até amanhã...

Nesse momento, a porta se abriu, e uma grande travessa cruzou em direção à cabeça do Lacaio: raspou o seu nariz e espatifou-se contra a árvore atrás dele.

— ...ou, talvez, até depois de amanhã — continuou o Lacaio, no mesmo tom, como se nada tivesse acontecido.

— Como faço para entrar? — repetiu Alice, num tom ainda mais alto.

— Você *quer* de fato entrar? — perguntou o Lacaio. — Essa é a primeira coisa que deve se perguntar.

Isso era verdade, sem dúvida: apenas Alice não gostava que lhe dissessem o que fazer.

— É realmente terrível — murmurou Alice — o modo como todas essas criaturas aqui discutem. É o suficiente para deixar qualquer um louco!

O Lacaio pensou que esta era uma boa oportunidade para repetir sua observação, com algumas variações.

— Ficarei aqui sentado — ele disse, — faça sol ou chuva, por dias a fio.

— Mas como *eu* faço para entrar? — perguntou Alice.

— Pode fazer como quiser — respondeu o Lacaio e começou a assobiar.

— Ah, não adianta falar com ele — disse Alice, exasperada. — É um perfeito idiota!

Então, Alice abriu a porta e entrou.

A porta dava para uma grande cozinha, toda esfumaçada: a Duquesa estava sentada no centro, num banquinho de três pernas, ninando um bebê; a cozinheira estava no fogo, mexendo um grande caldeirão, que parecia estar cheio de sopa.

"Minha nossa! Tem pimenta demais nessa sopa!", pensou Alice, já espirrando. De fato, havia muita pimenta no *ar*. Até a Duquesa estava espirrando um pouco, e o bebê espirrava e urrava sem parar. As únicas duas criaturas na cozinha que não estavam espirrando eram a cozinheira e um imenso gato deitado na lareira com um sorriso que ia de uma orelha à outra.

— Por favor, pode me dizer — perguntou Alice, num tom tímido, pois não sabia se era educado falar em primeiro lugar — por que seu gato sorri desse jeito?

— Ele é um Gato Risonho* — respondeu a Duquesa. — É por isso. *Seu porco!*

Ela exclamou esta última frase tão alto que Alice quase pulou de susto, mas logo percebeu que a Duquesa falava com o bebê e não com ela, então tomou coragem e continuou:

---

* "Riso como de um gato de Cheshire" era um ditado comum na época de Carroll. Desconhece-se a origem do termo, porém sabe-se que um pintor de tabuletas em Cheshire (aliás, o condado onde Carroll nasceu) costumava pintar leões sorridentes nas tabuletas das tabernas da região. O nome do Gato não constava do manuscrito original de *Alice's Adventures Underground*.

— Não sabia que existiam gatos risonhos. De fato, não sabia que gatos *pudessem* sorrir.

— Todos podem — disse a Duquesa — e a maioria sorri.

— Não conheço nenhum que sorria — respondeu Alice, muito educadamente, satisfeita por estar entabulando uma conversa com alguém.

— Você não sabe muita coisa — replicou a Duquesa, — e isso é um fato.

Alice não gostou nem um pouco do tom daquele comentário e achou que deveria mudar de assunto. Enquanto pensava o que dizer, a cozinheira tirou o caldeirão de sopa do fogo e passou a jogar tudo o que estava ao seu alcance na Duquesa e no bebê — primeiro os ferros de passar roupa, depois uma torrente de panelas, travessas e pratos. A Duquesa não parecia notar nem quando os pratos a atingiam, e o bebê urrava tanto que era impossível saber se as pancadas o machucavam ou não.

— Ai! *Por favor*, veja o que está fazendo! — exclamou Alice, contorcendo-se, aterrorizada. — Ai! Bateu em seu *precioso* narizinho — disse ao ver uma enorme panela tirar um fino do rosto do bebê e arrancá-lo.

— Se todos cuidassem de suas vidas — vociferou a Duquesa, — o mundo giraria muito mais rápido.

— O que *não* seria uma grande vantagem — respondeu Alice, feliz por ter a chance de mostrar um pouco os seus conhecimentos. — Imagine o trabalho para criar o dia e a noite! A Terra leva vinte e quatro horas para girar em torno de seu eixo, sabe?

— Falando em *sabres* — atalhou a Duquesa, — cortem-lhe a cabeça!

Alice olhou aflita para a cozinheira para ver se ela iria obedecê-la, mas estava ocupada mexendo a sopa e pareceu não ter ouvido, então, Alice continuou:

— Vinte e quatro horas, eu *creio*, ou seriam doze? Eu...

— Ah, pare de *me* perturbar! — exclamou a Duquesa. — Nunca suportei números!

Disse isso e voltou a ninar o bebê, cantarolando uma cantiga e sacudindo-o violentamente, ao final de cada estrofe:

> *Fale duro com o menino,*
> *Bata nele se espirrar:*
> *Só faz isso por ser ladino,*
> *Só faz isso pra irritar.*

> REFRÃO:
> (a cozinheira e o bebê.)
> *Uau! Uau! Uau!*

Enquanto a Duquesa cantava a segunda estrofe da cantiga de ninar, continuava a jogar o bebê para cima e para baixo de forma violenta, e o pobrezinho urrava tanto que Alice nem conseguia ouvir as palavras:

> *Falo brava com o menino,*
> *Bato nele se espirrar:*
> *Pra essa pimenta divina*
> *Ele poder aproveitar!*

> REFRÃO:
> *Uau! Uau! Uau!**

---

* Paródia de poema "Speak gently!", de David Bates (1809-1870), cuja versão original está numa edição de "The Eolian", de 1849.

— Tome aqui! Pode niná-lo um pouco, se quiser! — disse a Duquesa para Alice, atirando-lhe o bebê. — Devo me aprontar para ir jogar *croquet* com a Rainha.

E saiu apressada da cozinha. A cozinheira atirou uma frigideira na Duquesa no momento em que ela passou, mas errou por pouco.

Alice pegou o bebê com alguma dificuldade, por ele ter uma forma um pouco estranha, estendendo os braços e as pernas para os lados, "como se fosse uma estrela do mar", pensou Alice. O pobrezinho bufava como um motor a vapor quando o pegou e ele continuava a se dobrar e a se esticar de novo, então, nos primeiros minutos, não conseguia segurá-lo direito.

Assim que descobriu uma forma melhor de segurá-lo (teve que dar um nó e depois manter presos a orelha direita e o pé esquerdo para impedir que se desfizesse), ela o carregou para fora.

"Se não levar esta criança embora", pensou Alice, "certamente irão matá-la em poucos dias. Não seria um infanticídio deixá-la aqui?" Disse essas últimas palavras em voz alta e o pobrezinho grunhiu em resposta (já havia parado de espirrar a essa hora).

— Sem grunhir — ordenou Alice. — Esse não é um modo muito educado de se expressar.

O bebê grunhiu de novo, e Alice olhou atentamente para o seu rosto para ver qual era o problema. Sem dúvida, tinha um nariz *muito* arrebitado, que mais parecia um focinho: também seus olhos estavam ficando muito apertados para um bebê. No geral, Alice não gostou nem um pouco da aparência dele. "Mas talvez esteja apenas soluçando", pensou, e checou seus olhos de novo para ver se havia lágrimas. Não, não havia lágrimas.

— Se for se transformar num porco, querido — disse Alice, séria, — vou pô-lo de lado. Veja lá!

O pobrezinho soluçou de novo (ou grunhiu, era impossível saber), e ficaram algum tempo em silêncio.

Alice estava começando a pensar: "Bem, o que vou fazer com essa criatura, se a levar para casa?", quando ele grunhiu novamente de modo tão violento, que olhou para ele assustada. Desta vez, *não* tinha mais dúvidas: era apenas um porco, e achou um absurdo continuar a segurá-lo.

Colocou a criaturinha no chão, e ficou bastante aliviada ao vê-lo trotando devagar em direção à floresta.

— Se ele crescesse — disse Alice para os seus botões, — seria uma criança horrorosa, mas, como porco, até que é bem bonitinho!

E começou a lembrar de outras crianças que conhecia que seriam porquinhos simpáticos, e estava justamente pensando: "Se alguém soubesse o modo certo de transformá-las...", quando se assustou ao ver o Gato Risonho sentado no galho de uma árvore, um pouco mais adiante.

O Gato apenas sorriu ao ver Alice. Achou-o simpático: mesmo assim, tinha garras *muito* longas e dentes demais, então decidiu que deveria tratá-lo com cerimônia.

— Gatinho Risonho — começou a falar timidamente, sem saber se ele havia gostado do modo como o chamara: no entanto, abriu ainda mais o sorriso. "Ah, ele ficou contente", pensou Alice e continuou:

— Poderia me dizer, por favor, que caminho eu devo seguir?

— Depende muito aonde quer chegar — respondeu o Gato.

— Não me importa muito para onde irei... — disse Alice.

— Então, não importa em que direção vá... — atalhou o Gato.

— ...desde que eu chegue a *algum lugar* — explicou Alice.

— Ah, chegará a algum lugar — disse o Gato, — se caminhar bastante.

Alice percebeu que isso era verdade, então, fez outra pergunta:

— Que tipo de gente mora aqui?

— *Naquela* direção — disse o Gato, apontando com a pata direita, — mora o Chapeleiro e, *naquela* direção — disse, apontando com a outra pata, — mora a Lebre Maluca. Pode escolher qualquer um deles para visitar: ambos são doidos.

— Mas não quero conhecer doidos — replicou Alice.

— Ah, mas isso é impossível evitar — atalhou o Gato. — Somos todos doidos por aqui. Eu sou doido. Você é doida.

— Como sabe que sou doida? — perguntou Alice.

— Deve ser — disse o Gato, — senão não estaria aqui.

Alice achou que isso não provava nada, no entanto, continuou:

— E como sabe que você é doido?

— Para começar — disse o Gato, — um cão não é doido, concorda comigo?

— Acho que sim — respondeu Alice.

— Bem, então — continuou o Gato, — um cão rosna quando está zangado e sacode o rabo quando está contente. Agora, *eu* rosno quando estou contente e mexo a cauda quando estou zangado. Portanto, eu sou doido.

— É ronronar e não rosnar — explicou Alice.

— Seja como quiser — respondeu o Gato. — Vai jogar *croquet* com a Rainha hoje?

— Adoraria — replicou Alice, — mas ainda não fui convidada.

— Vai me ver por lá — disse o Gato e, em seguida, desapareceu no ar.

Alice não se surpreendeu muito ao vê-lo desaparecer: estava começando a se habituar a ver coisas estranhas. Ainda estava olhando para o lugar onde estava o Gato, quando, de repente, ele ressurgiu.

— A propósito, o que aconteceu com o bebê? — perguntou o Gato. — Quase me esqueci de perguntar.

— Virou um porco — Alice respondeu, calmamente, como se o reaparecimento do Gato fosse algo normal.

— Achei que isso fosse acontecer — disse o Gato e desapareceu outra vez.

Alice esperou um pouco, como se o Gato fosse reaparecer, mas isso não aconteceu, então, depois de alguns minutos, seguiu em direção à casa da Lebre Maluca.

— Já vi chapeleiros antes — disse Alice em voz alta. — A Lebre Maluca será muito mais interessante e, talvez, como estamos em maio, não esteja mais tão maluca assim, pelo menos, não tão maluca como estava em março*.

Depois de dizer isso, olhou para cima, e lá estava o Gato de novo, sentado num galho de árvore.

— Você disse 'porco' ou 'corpo'? — perguntou o Gato.

— Eu disse 'porco' — respondeu Alice. — E gostaria que parasse de aparecer e desaparecer assim tão de repente. Está me deixando zonza.

— Está bem — disse o Gato e, desta vez, foi desaparecendo bem devagar, começando pela ponta do rabo e terminando no

---

* *March hare*, o nome da lebre em inglês, é uma referência à expressão *"mad as a March hare"?* (louco como uma lebre de março), pois março coincide com o início da época de acasalamento dos coelhos.

sorriso, que continuou por algum tempo no ar depois que o resto já havia sumido.

"Bem, já vi muitos gatos sem sorriso", pensou Alice, "mas não um sorriso sem um gato! Essa é a coisa mais estranha que já vi em toda a minha vida!".

Alice não teve que caminhar muito até avistar a casa da Lebre Maluca: imaginou que deveria ser a casa certa, pois as chaminés tinham forma de orelhas e o teto estava todo forrado de pelo. Era uma casa tão grande que não quis se aproximar antes de mordiscar um pouco mais do pedaço de cogumelo da mão esquerda e aumentar um pouco mais de tamanho, até chegar a sessenta centímetros de altura: mesmo assim, aproximou-se timidamente, dizendo para si mesma: "Creio que a Lebre ainda esteja maluca! Preferia ter ido visitar o Chapeleiro em vez dela!".

7

Um chá muito louco

Havia uma mesa arrumada sob uma árvore bem em frente à casa. A Lebre Maluca e o Chapeleiro estavam tomando chá: um Rato do Campo, que estava sentado entre eles, dormia profundamente, e os dois apoiavam os cotovelos em cima dele, como se ele fosse uma almofada, e falavam acima de sua cabeça. "Que desconfortável para o Rato do Campo!", pensou Alice. "Mas, como ele está dormindo, creio que não se importe". A mesa era longa, mas os três estavam amontoados num canto.

— Não há lugares! Não há lugares! — gritaram ao verem Alice se aproximando.

— Há *muitos* lugares! — exclamou Alice, indignada, e sentou-se na poltrona à cabeceira da mesa.

— Beba um pouco de vinho! — ofereceu a Lebre Maluca.

Alice olhou para a mesa, mas somente viu chá.

— Não há vinho — ela observou.

— Não há vinho! — repetiu a Lebre Maluca.

— Não é muito educado de sua parte oferecê-lo, então — disse Alice, zangada.

— Não é muito educado de sua parte sentar-se sem ter sido convidada — respondeu a Lebre Maluca.

— Não sabia que esta mesa fosse sua — disse Alice. — Há muito mais do que somente três lugares.

— O seu cabelo está precisando de corte — disse o Chapeleiro, falando pela primeira vez, depois de ter observado Alice com muita curiosidade por algum tempo.

— Não deveria fazer comentários tão pessoais — respondeu Alice, mostrando-se um pouco aborrecida. — Isso é muito rude de sua parte.

Ao ouvir isso, o Chapeleiro arregalou os olhos, mas somente *perguntou*:

— Por que um corvo se parece com uma escrivaninha?

"Agora, *sim*, vamos começar a nos divertir um pouco!", pensou Alice. "Gostei que tivessem começado com as charadas".

— Acho que consigo adivinhar esta — respondeu Alice, em voz alta.

— Quer dizer que acha que saberá a resposta? — perguntou a Lebre Maluca.

— Exatamente isso — respondeu Alice.

— Então, deveria dizer o que quer dizer — continuou a Lebre Maluca.

— Eu digo — Alice respondeu, rápido, — ao menos... ao menos, eu quero dizer o que eu digo, e isto é a mesma coisa, como se sabe.

— Não é nem um pouco a mesma coisa! — atalhou o Chapeleiro. — Ora, pode-se dizer que 'Eu vejo o que eu como' significa o mesmo que 'Eu como o que eu vejo'!

— Pode-se muito bem dizer — acrescentou a Lebre Maluca — que 'Eu gosto do que eu tenho' significa o mesmo que 'Eu tenho o que eu gosto!'

— Pode-se muito bem dizer — acrescentou o Rato do Campo, que parecia falar dormindo — que 'Eu respiro quando eu durmo' significa o mesmo que 'Eu durmo quando eu respiro!'

— *Acontece* o mesmo com você — disse o Chapeleiro, e a conversa terminou ali.

Todos ficaram sentados em silêncio por um minuto, enquanto Alice pensava tudo o que sabia sobre corvos e escrivaninhas — o que não era muito.

O Chapeleiro foi o primeiro a falar:

— Que dia do mês é hoje? — perguntou, virando-se para Alice, e tirou o relógio de bolso, olhou para ele, ansioso, sacudindo-o um pouco e aproximando-o do ouvido.

Alice pensou e respondeu:

— Hoje é dia quatro.

— Está dois dias atrasado — respondeu o Chapeleiro, com um suspiro. — Eu disse que a manteiga iria estragar! — ele acrescentou, franzindo para a Lebre Maluca.

— Esta era a *melhor* manteiga... — respondeu a Lebre Maluca, humilde.

— Sim, mas algumas migalhas devem ter-se misturado — resmungou o Chapeleiro. — Não deveria ter usado a faca de pão para passar a manteiga.

A Lebre Maluca pegou o relógio de bolso e olhou-o com ar pesaroso, então, molhou-o na xícara de chá. Olhou-o novamente, mas não pensou em nada melhor para dizer senão o mesmo que havia dito antes:

— Esta era a *melhor* manteiga, sabia?...

Alice olhou curiosa sobre o ombro do Chapeleiro.

— Que relógio engraçado! — observou Alice. — Diz o dia do mês, mas não a hora!

— Por que deveria? — murmurou o Chapeleiro. — O *seu* relógio diz o ano em que estamos?

— Claro que não — respondeu Alice, de imediato, — mas o ano é o mesmo por muito mais tempo.

— É o que acontece com o *meu* relógio — respondeu o Chapeleiro.

Alice ficou muito confusa. O comentário do Chapeleiro não fazia o menor sentido, embora tenha sido dito de forma correta.

— Não entendo o que está dizendo — respondeu Alice, o mais educadamente possível.

— O Rato do Campo dormiu de novo — disse o Chapeleiro, e derramou um pouco de chá quente dentro do nariz dele.

O Rato do Campo sacudiu a cabeça, impaciente, e disse, sem abrir os olhinhos:

— Claro, claro, é exatamente isso o que eu ia dizer...

— Já adivinhou a charada? — perguntou o Chapeleiro, virando-se para Alice.

— Não, eu desisto — ela respondeu. — Qual é a resposta?

— Eu não faço a menor ideia! — disse o Chapeleiro.

— Nem eu! — completou a Lebre Maluca.

Alice suspirou, exausta.

— Acho que deviam fazer algo melhor com o seu tempo — disse ela — do que desperdiçá-lo com charadas sem resposta.

— Se conhecesse o Tempo tão bem quanto eu — disse o Chapeleiro, — não falaria nada sobre desperdiçá-lo. Ele é uma *pessoa*.

— Não entendo o que quer dizer — disse Alice.

— Claro que não! — exclamou o Chapeleiro, balançando a cabeça com desdém. — Aposto que nunca falou com o Tempo!

— Talvez não tenha falado — respondeu Alice, com cuidado, — mas sei que tenho que marcá-lo quando estudo música.

— Ah! Isto explica tudo! — disse o Chapeleiro. — Ele não suporta ser marcado. Agora, se tivesse um bom relacionamento com o Tempo, ele faria qualquer coisa que quisesses com o relógio. Por exemplo, suponha que sejam nove horas da manhã, hora de começar a aula: bastaria fazer um pedido baixinho ao Tempo e o relógio andaria para frente num piscar de olhos! E logo seria uma e meia da tarde, hora do almoço!

(— Quem me dera! — murmurou a Lebre Maluca, para si mesma.)

— Isso seria ótimo, com certeza — disse Alice, pensativa, — mas eu ainda não teria com fome para poder almoçar.

— No começo, não, talvez — disse o Chapeleiro, — mas poderia deixar o relógio marcando uma e meia da tarde pelo tempo que quisesse.

— É assim que *vocês* fazem? — perguntou Alice.

O Chapeleiro balançou a cabeça, tristonho:

— Não eu! — ele respondeu. — Discutimos em março, um pouco antes de *ele* ficar louco... — disse o Chapeleiro, apontando para a Lebre Maluca com a colher de chá. — Foi durante o grande concerto oferecido pela Rainha de Copas, e eu tive de cantar:

Brilha, brilha, morceguinho!
*Imagino teu caminho!**

— Já ouviu essa canção?
— Ouvi algo parecido — respondeu Alice.
— Continua assim... — completou o Chapeleiro:

Lá no céu tu flutuas,
Como um pires lá na lua.
Brilha, brilha —

Então, o Rato do Campo estremeceu e começou a cantar, ainda dormindo:

---

* Paródia da primeira estrofe do conhecido poema de Jane Taylor (1783-1824), *The Star*: "Twinkle, twinkle, little star, How I wonder what you are!/ Up above the world so high,/ Like a diamond in the sky." (Brilha, brilha, estrelinha,/ Como imagino como és!/ Tão acima lá no alto,/ Como um diamante lá no céu").

Brilha, brilha,
Brilha, brilha...

E continuou por tanto tempo, que precisaram beliscá-lo para fazê-lo parar.

— Bem, eu mal tinha acabado de recitar a primeira estrofe — disse o Chapeleiro, — quando a Rainha gritou: "Ele está matando o tempo! Cortem-lhe a cabeça!".

— Que coisa mais bárbara! — exclamou Alice.

— E, assim, desde então — continuou o Chapeleiro, pesaroso, — o Tempo não faz mais nada que eu peça! Agora são sempre seis da tarde!

Alice chegou, então, a uma brilhante conclusão:

— Por isso há tantas xícaras na mesa? — ela perguntou.

— Sim, é por isso — suspirou o Chapeleiro, — é sempre hora do chá e não há tempo para lavá-las.

— Por isso mudam de lugar? — perguntou Alice.

— Exatamente isso — respondeu o Chapeleiro, — à medida que usamos.

— Mas o que acontece quando voltam ao começo? — Alice arriscou perguntar.

— Proponho que mudemos de assunto — interrompeu a Lebre Maluca, bocejando. — Já estou cansado de falar sobre isso. Proponho que a mocinha nos conte uma história.

— Acho que não sei nenhuma história — respondeu Alice, alarmada com a proposta.

— Então, o Rato do Campo irá nos contar uma! — ambos gritaram. — Acorde, Rato do Campo! — os dois exclamaram, beliscando-o dos dois lados, ao mesmo tempo.

O Rato do Campo abriu os olhos bem devagar:

— Eu não estava dormindo — ele disse, com voz fraca e rouca. — Ouvi cada palavra que os amigos disseram.

— Conte-nos uma história! — exclamou a Lebre Maluca.

— Sim, por favor! — suplicou Alice.

— E rápido! — acrescentou o Chapeleiro. — Senão vai dormir de novo antes de terminar.

— "Era uma vez, três irmãzinhas" — começou o Rato do Campo, falando bem depressa — "chamadas Elsie, Lacie e Tillie, que viviam no fundo de um poço...".

— E o que elas comiam? — perguntou Alice, sempre interessada em saber o que se comia e bebia.

— Elas comiam melaço — respondeu o Rato do Campo, depois de pensar um instante.

— Elas não podiam comer só isso, não é? — observou Alice, com candura. — Acabariam ficando doentes.

— E elas ficaram — completou o Rato do Campo — *muito* doentes.

Alice tentou imaginar como deveria ser viver desse modo tão extraordinário, mas aquilo a intrigou, então, continuou:

— Mas por que elas viviam no fundo de um poço?

— Beba um pouco mais de chá... — disse a Lebre Maluca para Alice, muito atenciosamente.

— Ainda não bebi *nenhum* chá — respondeu Alice, ofendida, — assim, não posso beber *mais*...

— Você quer dizer que não poderá beber *menos*... — disse o Chapeleiro. — É muito fácil tomar *mais* do que nada.

— Ninguém pediu a *sua* opinião — retrucou Alice.

— Quem está fazendo comentários pessoais agora? — atalhou o Chapeleiro, triunfante.

Alice não sabia bem o que dizer, por isso serviu-se de um pouco de chá, pegou um pão com manteiga e, virando-se para o Rato do Campo, repetiu a pergunta:

— Por que elas viviam no fundo de um poço?

O Rato do Campo voltou a pensar por um instante e respondeu:

— Era um poço de melaço.

— Isso não existe! — respondeu Alice, muito irritada, mas o Chapeleiro e a Lebre Maluca fizeram "Shh!", e o Rato do Campo respondeu, mal-humorado:

— Se não sabe ser educada, termine a história você mesma.

— Não, por favor, continue! — respondeu Alice, humildemente. — Não vou interrompê-lo mais. Acredito até que exista *UM*.

— Um... Realmente! — disse o Rato do Campo, indignado.

Mesmo assim, concordou em continuar:

— Então, as três irmãzinhas estavam aprendendo a tirar, você sabe...

— Tirar o quê? — perguntou Alice, esquecendo-se da promessa.

— Melaço! — respondeu o Rato do Campo, sem titubear desta vez.

— Eu queria uma xícara limpa — interrompeu o Chapeleiro. — Vamos todos mudar de lugar.

Ele se moveu enquanto falava, e o Rato do Campo o seguiu: a Lebre Maluca mudou para o lugar do Rato do Campo, e Alice, contrariada, sentou-se no lugar da Lebre Maluca. O Chapeleiro foi o único a tirar vantagem com a mudança, e Alice ficou bem pior do que estava, pois a Lebre Maluca acabara de entornar a jarra de leite em cima do prato.

Alice não queria ofender o Rato do Campo de novo, assim começou a falar com muito cuidado:

— Mas, não estou entendendo. De onde elas tiravam o melaço?

— Pode-se tirar água de um poço d'água — disse o Chapeleiro, — então, sei que se pode tirar melaço de um poço de melaço, não é mesmo, sua palerma?

— Mas elas estavam *dentro* do poço — disse Alice para o Rato do Campo, ignorando esse último comentário.

— Claro que estavam — respondeu o Rato do Campo. — Bem dentro do poço.

Essa resposta confundiu tanto a pobre Alice, que ela deixou que o Rato do Campo continuasse a contar a história por algum tempo sem interrompê-lo.

— Elas estavam aprendendo a tirar... — continuou o Rato do Campo, bocejando e esfregando os olhinhos, pois estava ficando com muito sono — e tiravam todo tipo de coisas, tudo que começa com a letra M...

— Por que a letra M? — perguntou Alice.

— Por que não? — atalhou a Lebre Maluca.

Alice se calou.

O Rato do Campo, a essa hora, tinha fechado os olhos e **caído** no sono, mas, ao ser beliscado pelo Chapeleiro, acordou de novo com um gritinho assustado e continuou:

— ...isso começa com um M, como matraca, mundo, memória e muitíssimo, quando alguém diz "muito, muitíssimo", já viu alguém tirar muitíssimos?

— Bom, agora que está me perguntando... — respondeu Alice, muito confusa — acho que não...

— Então, não deveria dizer nada! — atalhou o Chapeleiro.

Essa grosseria passara dos limites para Alice: levantou-se indignada e foi embora. O Rato do Campo dormiu instantaneamente e nenhum dos dois percebeu que ela havia se levantado, embora tivesse olhado duas vezes para trás, esperando que a chamassem de volta: da última vez que os viu, estavam tentando enfiar o Rato do Campo dentro de um bule de chá.

— De jeito nenhum, nunca mais voltarei *ali*! — exclamou Alice, atravessando a floresta. — Esse foi o chá mais estúpido que já tomei em toda a minha vida!

Assim que disse isso, viu uma porta numa árvore. "Isso é muito curioso!", pensou. "Mas hoje tudo é curioso. Acho que vou abri-la".

Abriu a porta e entrou.

Alice voltou ao longo corredor perto da mesinha de vidro. "Desta vez, farei tudo certo", disse para si mesma, e começou pegando a chavinha dourada e destrancando a porta que levava até o jardim. Passou a mordiscar o cogumelo (ela guardara um pedaço no bolso), até ficar com trinta centímetros de altura: atravessou a portinha e, afinal, entrou no lindo jardim, entre canteiros de flores brilhantes e fontes de água fresca.

A quadra de croquet da rainha

Havia uma grande roseira perto da entrada do jardim: as rosas eram brancas, mas três jardineiros se ocupavam em pintá-las de vermelho. Alice achou aquilo muito curioso. Aproximou-se para observá-los melhor e, assim que chegou bem perto, ouviu um deles dizer:

— Cuidado, Cinco! Não salpique tinta em mim!

— Foi sem querer! — disse Cinco, amuado. — Foi Sete que esbarrou no meu cotovelo.

Ao ouvir isso, Sete olhou para cima e disse:

— Está certo, Cinco! Vá pondo a culpa nos outros!

— É melhor *você* não falar nada! — disse Cinco. — Ouvi a Rainha dizer ainda ontem que você deveria perder a cabeça!

— E por quê? — perguntou o que falara primeiro.

— Não é da *sua* conta, Dois! — respondeu Sete.

— *É* da conta dele, sim! — atalhou Cinco. — E vou dizer a ele: foi por ter levado bulbos de tulipa ao cozinheiro em vez de cebolas.

Sete atirou o pincel no chão e estava começando a dizer: "Bem, de todas as injustiças...", quando viu Alice, de pé, olhando para eles, e parou de falar. Os outros olharam em volta, e todos se curvaram até o chão.

— Podem me dizer, por favor — disse Alice, timidamente, — por que estão pintando essas rosas?

Cinco e Sete não responderam, mas olharam para Dois.

Dois começou a dizer, baixinho:

— Ora, o fato é que, sabe, Senhorita, esta deveria ser uma roseira vermelha, mas plantamos uma roseira branca no lugar por engano e, se a Rainha descobrir, teremos nossas cabeças cortadas, sabe? Então, Senhorita, estamos nos apressando antes que ela apareça e...

Nesse momento, Cinco, que vigiava, aflito, o jardim, gritou:

— A Rainha! A Rainha!

Os três jardineiros se prostraram com o rosto virado para o chão. Ouviram-se muitos passos e Alice se voltou para ver a Rainha.

Primeiro, entraram dez soldados carregando bastões: tinham a mesma forma dos jardineiros, eram retangulares e finos, com as mãos e os pés saindo pelos cantos; logo depois, chegaram mais dez cortesãos: todos com o naipe de ouros, e andavam aos pares como soldados. Após, entraram as crianças reais: eram dez, e pulavam alegremente aos pares, de mãos dadas: todas com o naipe de copas. Depois chegaram os convidados, a maioria, reis e rainhas e, entre eles, Alice reconheceu o Coelho Branco. Ele falava de modo rápido e nervoso, sorrindo para tudo o que lhe era dito, e passou por ela sem reconhecê-la. Entrou o Valete de Copas, carregando a coroa do Rei sobre uma almofada de veludo carmim e, ao final desse longo cortejo, chegaram o REI E A RAINHA DE COPAS.

Alice ficou na dúvida se deveria se prostrar com o rosto no chão como fizeram os três jardineiros, mas nunca tinha ouvido falar dessa regra em cortejos. "E, além disso, de que adianta um cortejo", pensou, "se todos tiverem de se prostrar com o rosto virado para o chão, sem poder assisti-lo?" Então, continuou de pé onde estava e esperou.

Quando o cortejo chegou diante de Alice, todos pararam e olharam para ela, e a Rainha inquiriu, com ar muito sério:

— Quem é *esta*? — perguntou ao Valete de Copas, que apenas sorriu, e fez uma mesura.

— Idiota! — exclamou a Rainha, sacudindo a cabeça, impaciente.

Virou-se para Alice e tornou a perguntar:

— Qual o seu nome, criança?

— Meu nome é Alice, Majestade — respondeu, muito educada, mas acrescentou para si mesma: "Ora, são apenas cartas de baralho. Não preciso ter medo delas!".

— E quem são *estes*? — perguntou a Rainha, apontando para os três jardineiros, deitados em volta da roseira, pois, como estavam com o rosto no chão e as estampas nas costas eram as mesmas do restante do baralho, não sabia se eram jardineiros, soldados, cortesãos ou três de seus próprios filhos.

— Como *eu* vou saber? — perguntou Alice, surpresa com a própria coragem. — Isso não é da *minha* conta.

A Rainha ficou vermelha de raiva e, depois de encará-la por um momento como um animal selvagem, começou a gritar:

— Cortem-lhe a cabeça! Cortem...

— Que bobagem! — disse Alice, em alto e bom som, e a Rainha se calou.

O Rei tocou seu braço de leve, e disse, timidamente:

— Repense, minha querida: é apenas uma criança!

A Rainha deu-lhe as costas, furiosa, e ordenou ao Valete:

— Desvire-os!

O Valete atendeu seu pedido e desvirou-os com o pé, bem devagar.

— Levantem-se! — ordenou a Rainha, em tom estridente.

Os três jardineiros se ergueram imediatamente e começaram a fazer reverências para o Rei, a Rainha, as crianças reais e todos os demais.

— Parem com isso! — gritou a Rainha. — Estão me deixando tonta!

E, virando-se para a roseira, perguntou:

— O que *estão* fazendo aqui?

— Majestade — disse Dois, em tom muito humilde, ajoelhando-se diante dela, — estávamos tentando...

— *Eu* estou vendo! — atalhou a Rainha, que, enquanto isso, examinava as rosas. — Cortem-lhes as cabeças!

O cortejo seguiu em frente, ficando apenas três soldados para decapitar os desafortunados jardineiros, que correram até Alice, tentando se esconder.

— Vocês não serão decapitados! — disse Alice, e colocou-os num grande vaso de flores que havia ali ao lado.

Os três soldados vagaram por alguns instantes procurando por eles e, em seguida, saíram marchando atrás dos demais.

— Eles foram decapitados? — perguntou a Rainha.

— Suas cabeças se foram, Majestade! — bradaram os soldados em resposta.

— Então, está certo! — gritou a Rainha. — Sabe jogar *croquet*?

Os soldados silenciaram e olharam para Alice, pois a pergunta fora dirigida a ela.

— Sim! — gritou Alice.

— Então, vamos! — vociferou a Rainha, e Alice se juntou ao cortejo, procurando adivinhar o que aconteceria em seguida.

— É... É um dia muito bonito! — disse uma voz muito tímida ao seu lado.

Era o Coelho Branco, olhando-a com uma expressão ansiosa.

— Muito — disse Alice. — Onde está a Duquesa?

— Shh! Shh! — disse o Coelho apressado e baixinho.

Olhava com medo por cima dos ombros enquanto falava e, na ponta dos pés, aproximou-se do ouvido de Alice e sussurrou:

— Foi condenada à execução.

— Por quê? — perguntou Alice.

— Você disse: "Que pena!"? — perguntou o Coelho.

— Não, eu não disse isso — respondeu Alice. — Não acho que seja uma pena. Perguntei "Por quê?".

— Por ter esbofeteado a Rainha... — replicou o Coelho.

Alice soltou uma gargalhada.

— Shh! — sussurrou o Coelho, assustado. — A Rainha irá ouvi-la! Veja, ela se atrasou, e a Rainha disse...

— Todos aos seus lugares! — gritou a Rainha, com voz de trovão, e começaram a correr para todos os lados, esbarrando uns nos outros, porém se acertaram em poucos minutos, e o jogo começou.

Alice constatou que nunca vira uma quadra de *croquet* tão estranha em toda a sua vida: havia muitos sulcos e reentrâncias, as bolas de *croquet* eram porcos-espinhos e as marretas eram flamingos, todos vivos, e os soldados dobravam-se ao meio para formar os arcos.

A principal dificuldade de Alice no início foi segurar o flamingo: conseguiu colocar o pássaro sob o braço de forma confortável, com as pernas para baixo, mas, quando esticava o pescoço para bater no porco-espinho com a cabeça do flamingo, este se virava e olhava-a com uma expressão tão assustada que ela não conseguia segurar o riso; e quando punha a cabeça do flamingo para baixo e ia bater de novo, descobria que o porco-espinho se desenrolara e se arrastara para fora da quadra; além disso, havia sempre um sulco ou reentrância no caminho para onde queria bater o porco-espinho e, como todos os soldados que formavam os arcos se levantavam e andavam pela quadra em outra direção, Alice logo chegou à conclusão que este era um jogo muito difícil.

Os jogadores se moviam todos ao mesmo tempo, sem esperar a vez, discutindo o tempo todo e brigando pelos porcos-espinhos e, logo depois, a Rainha ficou furiosa e começou a bater o pé e a gritar a cada minuto:

— Cortem-lhe a cabeça! Cortem-lhe a cabeça!

Alice estava começando a ficar muito preocupada: ainda não disputara com a Rainha, mas sabia que isso aconteceria a qualquer momento. "E, então", pensou, "o que será de mim? Eles adoram cortar a cabeça de todo mundo por aqui: é surpreendente que alguém ainda esteja vivo!".

 Começou a pensar em um modo de escapar e, imaginando se conseguiria sair dali sem ninguém perceber, viu uma figura surgir do nada: Alice ficou intrigada, mas, após alguns segundos, descobriu que era um sorriso e pensou: "É o Gato Risonho! Agora terei com quem conversar".

— Como está você? — perguntou o Gato, assim que sua boca apareceu de modo que pudesse falar.

Alice esperou até que os olhos aparecessem e balançou afirmativamente a cabeça. "Não adianta falar com ele", pensou, "até que as orelhas apareçam, ou, ao menos, uma delas". Em mais um minuto, a cabeça surgiu inteira, então, Alice pôs o flamingo de lado e começou a comentar sobre o jogo, sentindo-se imensamente feliz por ter alguém para ouvi-la. O Gato achou que estava visível o suficiente e nenhuma outra parte do seu corpo ficou visível.

— Não creio que joguem de modo justo — reclamou Alice, — e todos discutem tanto que ninguém consegue ouvir. Parece não haver nenhuma regra: pelo menos, se existem, ninguém as segue. Não sabe como é confuso todas as peças serem vivas: por exemplo, ali está o arco que tenho que atravessar na próxima jogada caminhando do outro lado da quadra, e eu deveria ter acertado o porco-espinho da Rainha agora há pouco, porém ele fugiu quando viu o meu se aproximando.

— Você gosta da Rainha? — perguntou o Gato, baixinho.

— Nem um pouco! — respondeu Alice. — Ela é extremamente...

Nesse momento, ao ver a Rainha bem atrás dela, continuou:

—...tão determinada em vencer que nem vale a pena terminar o jogo.

A Rainha abriu um largo sorriso e se afastou.

— Com *quem* está falando? — perguntou o Rei, aproximando-se de Alice, olhando com ar curioso para a cabeça do Gato pairando no ar.

— É meu amigo, o Gato Risonho — respondeu Alice. — Permita-me apresentá-lo.

— Não gosto nem um pouco da aparência dele — disse o Rei, — contudo, ele poderá beijar a minha mão, se quiser.

— Prefiro não beijá-la — retrucou o Gato.

— Não seja impertinente — disse o Rei. — E não olhe para mim desse jeito!

E escondeu-se atrás de Alice, enquanto falava.

— Um gato pode olhar para o rei — disse Alice. — Li isso em algum lugar, mas não lembro em qual livro.

— Bom, ele deverá ser retirado daqui — disse o Rei, decidido, e chamou a Rainha, que passava por ali naquele instante. — Minha querida! Gostaria que ordenasse a retirada deste gato!

A Rainha só conhecia uma forma de resolver todos os problemas, fossem grandes ou pequenos:

— Cortem-lhe a cabeça! — disse a Rainha, sem nem olhar para trás.

— Vou buscar eu mesmo o verdugo! — exclamou o Rei, e saiu correndo.

Alice pensou que seria melhor voltar para o jogo e ouviu a Rainha esbravejar ao longe. Ela já condenara três jogadores por terem perdido a vez e não estava gostando de nada, porque tudo ficara muito confuso, por nunca saber se era a sua vez de jogar ou não. Então, Alice foi atrás de seu porco-espinho.

Este estava se engalfinhando com outro porco-espinho, o que pareceu para Alice uma excelente oportunidade de bater um contra o outro: a única dificuldade era seu flamingo estar do outro lado do jardim, onde o viu tentando pousar, sem muito sucesso, no topo de uma árvore.

Quando Alice pegou o flamingo e o trouxe de volta, a luta já havia terminado e os porcos-espinhos haviam sumido. "Mas isso não importa muito", pensou Alice, "porque todos os arcos se foram deste lado da quadra". Prendeu o flamingo debaixo do braço para não escapar de novo e voltou para conversar um pouco mais com seu amigo.

 Ao se aproximar do Gato Risonho, surpreendeu-se ao ver uma multidão em volta dele: discutiam o verdugo, o Rei e a Rainha, e todos falavam ao mesmo tempo, enquanto os demais ficavam em silêncio, com ar bastante constrangido.

Quando Alice se aproximou, os três lhe pediram para resolver aquele problema e repetiram suas questões, porém, como todos falavam juntos, achou muito difícil entender o que diziam.

A questão do verdugo era não poder cortar uma cabeça sem um corpo ligado a ela: nunca precisou fazer isso antes e não iria começar agora.

A questão do Rei era que qualquer coisa que tivesse uma cabeça poderia ser decapitada e o verdugo não deveria dizer bobagens.

Quanto à Rainha, se nada fosse feito imediatamente, iria mandar decapitar todos os presentes. (Esse último comentário fez o grupo ficar muito sério e preocupado.)

Alice só conseguiu dizer o seguinte:

— O Gato pertence à Duquesa: é melhor perguntar a ela sobre isso.

— Ela está na prisão — disse a Rainha ao verdugo. — Traga-a até aqui.

O verdugo zarpou como uma flecha.

A cabeça do Gato começou a desaparecer assim que o verdugo se afastou e, quando voltou com a Duquesa, já havia desaparecido por completo: então, o Rei e o verdugo ficaram procurando a cabeça do Gato, enquanto o restante do grupo retornou ao jogo.

A história da falsa tartaruga

— Não imagina como estou feliz em revê-la, queridinha! — exclamou a Duquesa, enlaçando Alice afetuosamente pelo braço e andando com ela.

Alice ficou muito satisfeita por encontrá-la tão bem humorada e pensou que talvez tivesse sido apenas a pimenta que a deixou tão agressiva quando se conheceram na cozinha de sua casa.

"Quando *eu* for uma Duquesa", disse Alice para si mesma (embora sem muita esperança), "não permitirei *nenhuma* pimenta em minha cozinha. Sopa não precisa de pimenta. Talvez seja a pimenta que deixe as pessoas tão esquentadas", continuou muito satisfeita por ter descoberto um novo tipo de regra: "E o vinagre deixa as pessoas azedas — e a camomila torna-as amargas... e... e o açúcar de cevada, e coisas assim tornam as crianças doces. Apenas queria que todos soubessem disso: assim não seriam tão mesquinhos com o açúcar, não é mesmo?".

A essa altura, já havia esquecido completamente da Duquesa e se assustou quando a ouviu falando perto do seu ouvido:

— Você está pensando em alguma coisa, querida, e isso faz com que se esqueça de falar. Não sei dizer agora qual a moral disso, mas logo me lembrarei.

— Talvez não haja nenhuma — Alice arriscou dizer.

— Nananinanão, minha querida! Tudo tem uma moral, falta só encontrá-la — respondeu a Duquesa, aproximando-se ainda mais de Alice, enquanto falava.

Alice não gostou muito de a Duquesa ficar tão perto dela: primeiro, por ser *muito* feia e, segundo, tinha a altura exata para apoiar o queixo no ombro de Alice, um queixo muito pontudo, porém ela não queria ser rude, por isso aguentou o quanto pôde.

— O jogo melhorou bastante agora — disse Alice, continuando a conversa.

— É, sim — respondeu a Duquesa, — e a moral disso é: "Ah, é o amor, é o amor que faz o mundo girar!"

— Alguém disse — sussurrou Alice — que isso acontece quando cada um cuida da sua vida!

— Ah, bom! Quer dizer a mesma coisa — disse a Duquesa, afundando ainda mais seu queixo pontudo no ombro de Alice, ao acrescentar — e a moral *disso* é: "Cuide do *sentido*, que os *sons* cuidarão de si mesmos".

"Como ela gosta de encontrar a moral em todas as coisas!", pensou Alice.

— Aposto que está se perguntando por que não coloco meu braço em torno da sua cintura — comentou a Duquesa, depois de uma breve pausa. — O motivo é que estou receosa quanto ao humor do seu flamingo. Você me permite fazer um teste com ele?

— Ele poderá picá-la — respondeu Alice, cautelosa, sem querer que ela o testasse.

— Está muito certa — disse a Duquesa. — Flamingos e mostardas são mesmo picantes. E a moral disso é "São todos farinha do mesmo saco".

— Mas a mostarda não é uma ave — retorquiu Alice.

— Está certa, como de hábito — disse a Duquesa. — Que modo cristalino você tem de explicar tudo!

— Isso é um mineral, eu *acho* — disse Alice.

— Claro que é! — disse a Duquesa, que parecia querer concordar com tudo o que Alice dissesse. — Há uma grande mina de mostarda aqui perto. E a moral disso é "Quanto mais for *minha*, menos será *sua*".

— Ah, eu sei! — exclamou Alice, ignorando esse último comentário. — É uma planta. Não parece que é, mas é.

— Concordo plenamente com você — disse a Duquesa. — E a moral disso é "Seja o que parece ser", ou, explicando de um modo mais simples: "Nunca imagine não ser diferente do que parece ser para os outros do que era, ou o que poderia ter sido não era diferente do que foi que teria parecido diferente para eles".

— Penso que eu conseguiria entender isso melhor — disse Alice, muito polidamente, — se estivesse por escrito: não entendo nada quando você fala.

— Isso não é nada comparado ao que eu poderia dizer, se quisesse — replicou a Duquesa, com um tom satisfeito.

— Por favor, não se incomode em dizer mais nada além disso — pediu Alice.

— Ah, mas não é incômodo algum! — disse a Duquesa. — Dou-lhe de presente tudo o que eu lhe disse até agora.

"Que presente fajuto!", pensou Alice. "Fico feliz de não darem presentes de aniversário desse tipo!" Mas não se aventurou a dizer isso em voz alta.

— Pensando de novo? — perguntou a Duquesa, afundando mais uma vez seu queixo pontudo no ombro de Alice.

— Tenho o direito de pensar — respondeu Alice, rispidamente, começando a ficar um pouco preocupada.

— Tanto direito — arrematou a Duquesa — quanto os porcos têm de voar. E a mor—

Mas, nesse momento, para a grande surpresa de Alice, a voz da Duquesa sumiu no meio de sua palavra favorita, "moral", e o braço com que a segurava começou a tremer. Alice olhou para cima, e lá estava a Rainha, na frente delas, de braços cruzados, franzindo a testa, com uma cara muito brava.

— Que belo dia, Majestade! — começou a dizer a Duquesa, com a voz bem baixa e fraca.

— Ora, eu vim preveni-la — gritou a Rainha, batendo o pé, enquanto falava. — Ou você ou sua cabeça deverão sair, e isso é para ontem! Pode escolher!

A Duquesa escolheu e foi embora imediatamente.

— Vamos continuar o jogo — disse a Rainha, dirigindo-se a Alice.

Alice estava muito assustada para falar qualquer coisa, mas seguiu-a devagar de volta até a quadra de *croquet*.

Os demais convidados aproveitaram a ausência da Rainha e estavam descansando na sombra: no entanto, ao vê-la, correram de novo para a quadra, e a Rainha apenas lembrou-os de que um minuto de atraso poderia lhes custar a vida.

O tempo todo, enquanto jogavam, a Rainha continuou a discutir com os convidados e a gritar:

— Cortem a cabeça *deste*! Cortem a cabeça *daquela*!

Aqueles que a Rainha condenava eram levados pelos soldados que, é claro, tinham que abandonar sua posição como arcos no jogo para prendê-los, de modo que, mais ou menos meia hora depois, não havia mais nenhum arco na quadra, e todos os jogadores, exceto o Rei, a Rainha e Alice, estavam presos e condenados à morte.

A Rainha estava indo embora quase sem fôlego, quando disse para Alice:

— Já falou com a Falsa Tartaruga?

— Não — respondeu Alice. — Nem sei o que é uma Falsa Tartaruga.

— É usada para fazer Sopa de Falsa Tartaruga — disse a Rainha.

— Nunca vi, nem nunca ouvi falar dela — respondeu Alice.

— Então, vamos! — disse a Rainha. — Ela lhe contará a sua história.

Ao saírem juntas, Alice ouviu o Rei dizer a todos, em voz baixa:

— Vocês estão todos perdoados.

"Ora, *isso* é ótimo!", pensou Alice, pois estava muito infeliz com o número de decapitações que a Rainha havia ordenado.

Logo encontram o Grifo, dormindo ao sol.

— Acorde, seu preguiçoso! — ordenou a Rainha. — E leve esta jovem até a Falsa Tartaruga para que possa ouvir sua história. Devo voltar para acompanhar algumas execuções que ordenei.

A Rainha se afastou, deixando-a sozinha com o Grifo. Alice não gostou muito da aparência da criatura, mas, de forma geral, pensou que seria mais seguro ficar com ele do que seguir aquela Rainha furiosa, por isso esperou.

O Grifo se sentou e esfregou os olhos: observou a Rainha até ela desaparecer de vista, então, riu:

— Que engraçado! — disse o Grifo, como se falasse consigo mesmo e com Alice ao mesmo tempo.

— O que é engraçado? — perguntou Alice.

— Ora, *ela*! — respondeu o Grifo. — Isso é só pose dela: nunca cortam a cabeça de ninguém, sabia? Vamos!

"Todos dizem 'Vamos' por aqui", pensou Alice, seguindo-o devagar. "Nunca recebi tantas ordens em toda a minha vida, nunca!"

Não precisaram caminhar muito até avistar, ao longe, a Falsa Tartaruga sentada, triste e solitária, sobre um pequeno promontório de pedra e, ao se aproximar, ouviram-na suspirar, como se estivesse muito infeliz. Alice sentiu uma imensa pena da Tartaruga.

— Qual a razão para tanta tristeza? — Alice perguntou ao Grifo.

E ele respondeu, praticamente repetindo as mesmas palavras de antes:

— Isso é só pose dela: não há nenhum motivo para tristeza, sabia? Vamos!

Aproximaram-se da Falsa Tartaruga, que os mirou com os olhos cheios de lágrimas, sem dizer nada.

— Esta moça aqui — disse o Grifo — quer ouvir a sua história, sabia?

— Vou contá-la — disse a Falsa Tartaruga, com voz grave e deprimida. — Sentem-se os dois, e não digam nenhuma palavra até eu terminar.

Eles se sentaram e não falaram por alguns minutos. Alice pensou: "Não vejo *como* ela conseguirá terminar, se nem sequer começou". Mas, Alice esperou com paciência.

— Há muito tempo — disse a Falsa Tartaruga, afinal, com um profundo suspiro, — eu era uma Tartaruga de verdade.

A essas palavras, seguiu-se um longo silêncio, quebrado apenas pela eventual interjeição "Irrc!" do Grifo e pelo constante pranto da Falsa Tartaruga. Alice estava quase se levantando e dizendo: "Obrigada, Senhora, por sua história interessante", mas acreditou que ela *fosse* continuar, então ficou sentada e quieta.

— Quando éramos pequenos — atalhou, afinal, a Falsa Tartaruga, um pouco mais calma, embora continuasse soluçando de vez em quando, — íamos à escola no mar. A professora era uma velha Tartaruga... Costumávamos chamá-la Jabuti...

— Por que a chamavam de Jabuti, se não era um jabuti? — perguntou Alice.

— Nós a chamávamos Jabuti por ser nossa professora — respondeu a Falsa Tartaruga, irritada. — Realmente, você é muito burra!

— Deveria se envergonhar de fazer uma pergunta tão tola — acrescentou o Grifo, e os dois ficaram em silêncio, olhando para a pobre Alice, que sentiu vontade de sumir no chão.

Por fim, o Grifo disse para a Falsa Tartaruga:

— Continue, velha amiga! Não leve o dia todo com isso!

E ela prosseguiu, com estas palavras:

— Sim, íamos à escola no mar, embora não acredite...

— Eu nunca disse que não acredito! — interrompeu Alice.

— Disse, sim — respondeu a Falsa Tartaruga.

— Morda sua língua! — emendou o Grifo, antes que Alice respondesse de novo.

A Falsa Tartaruga prosseguiu:

— Tínhamos a melhor educação. Na verdade, íamos à escola todos os dias...

— Também vou à escola todos os dias — disse Alice. — Não tem por que se envaidecer tanto por causa disso.

— Com matérias extras? — perguntou a Falsa Tartaruga, meio hesitante.

— Sim — respondeu Alice. — Estudávamos francês e música.

— E lavação? — perguntou a Falsa Tartaruga.

— Claro que não! — respondeu Alice, indignada.

— Ah! Então, a sua não era realmente uma boa escola — disse a Falsa Tartaruga, exultante. — Agora, na *minha* tinha, no final do programa, 'francês, música *e lavanderia*, como aulas extras'.

— Nem seria tão necessário — observou Alice, — se viviam no fundo do mar.

— Eu não podia pagar pelas aulas extras — suspirou a Falsa Tartaruga. — Fiz apenas o curso normal.

— O que era? — perguntou Alice.

— Para começar, Cambalear e Contorcer, é claro — respondeu a Falsa Tartaruga — e os diferentes ramos da Aritmética: Ambição, Distração, Enfeação e Escárnio.

— Nunca ouvi falar de "Enfeação" — Alice aventurou-se a dizer. — O que é isso?

O Grifo levantou as patas, fazendo um ar de surpresa:

— Nunca ouviu falar de *enfear*? — exclamou o Grifo. — Você sabe o que é *embelezar*, eu suponho?

— Sim — respondeu Alice, meio em dúvida, — significa... tornar... algo... mais... bonito.

— Bem, então — continuou o Grifo, — se não sabe o que é enfear, realmente você *é* muito tolinha.

Alice não se sentiu encorajada a fazer nenhuma outra pergunta sobre o assunto, por isso virou-se para a Falsa Tartaruga e perguntou:

— O que mais tinha que estudar?

— Bom, tinha Mistério — respondeu a Falsa Tartaruga, contando as matérias na ponta das nadadeiras. — Mistério, antigo e moderno, com Mareografia e, então, Falalenta. O professor de Falalenta era um velho Congro, que costumava vir uma vez por semana. *Ele* nos ensinou Falalenta, Espreguiçamento e Desmaio em Espiral.

— Como era *isso*? — perguntou Alice.

— Bem, não consigo lhe mostrar — respondeu a Falsa Tartaruga. — Estou muito enrijecida. E o Grifo nunca estudou isso.

— Não tive tempo — explicou o Grifo. — Assisti às aulas do professor de Clássicos. Era um velho caranguejo, se *era*!

— Nunca assisti às aulas dele — suspirou a Falsa Tartaruga. — Ele ensinava Riso e Tristeza, diziam.

— Sim, ensinava, sim — disse o Grifo, suspirando também, e ambas as criaturas esconderam a cara atrás das patas.

— E quantas horas por dia levavam para fazer os deveres de casa? — perguntou Alice, querendo mudar o assunto.

— Dez horas, no primeiro dia — respondeu a Falsa Tartaruga. — Nove, no dia seguinte, e assim por diante.

— Que programa curioso! — exclamou Alice.

— É por isso que se chamam *deveres* — explicou o Grifo. — *Deve-se* menos a cada dia!

Essa era uma ideia nova para Alice e ela refletiu um pouco antes de fazer a pergunta seguinte:

— Então o décimo primeiro dia era feriado?

— Claro que sim! — respondeu a Falsa Tartaruga.

— E o que faziam no décimo segundo dia? — continuou Alice, animada.

— Já falamos bastante sobre deveres — interrompeu o Grifo, com ar decidido. — Agora conte a ela algo sobre os jogos.

A dança das lagostas

A Falsa Tartaruga suspirou fundo e passou o dorso de uma das nadadeiras sobre os olhos. Virou-se para Alice e tentou falar, mas, por alguns minutos, os soluços embargaram a sua voz.

— É como se tivesse um osso atravessado na garganta — disse o Grifo, e começou a sacudi-la e a estapeá-la nas costas.

Por fim, a Falsa Tartaruga recuperou a voz e, com as lágrimas rolando pelo rosto, continuou novamente:

— Você não deve ter vivido muito no mar...

— Não vivi — respondeu Alice.

— E talvez nunca tenha sido apresentada a uma Lagosta...

Alice começou a dizer:

— Uma vez, eu já experimentei...

Mas interrompeu-se rápido e disse:

— Não, nunca.

— Então, não faz ideia quanto a Quadrilha das Lagostas é divertida!

— Não, de fato, não — disse Alice. — Que tipo de dança é essa?

— Bom — disse o Grifo, — primeiro, forma-se uma fila ao longo da praia...

— Duas filas! — gritou a Falsa Tartaruga. — Focas, tartarugas, salmões e outros: então, depois de tirar todas as águas-vivas do caminho...

— *Isso* geralmente leva algum tempo — atalhou o Grifo.

— ...dá-se dois passos para frente...

— Cada um formando par com uma lagosta! — exclamou o Grifo.

— Claro — emendou a Falsa Tartaruga, — dá-se dois passos para frente com seu par...

— ...trocam de lagostas e retornam na mesma ordem — continuou o Grifo.

— Então, sabe — a Falsa Tartaruga continuou, — jogam-se...

— ...as lagostas! — gritou o Grifo, saltando no ar.

— ...o mais longe possível, no mar.

— Nadam até elas! — gritou o Grifo.

— Dão uma cambalhota no mar! — bradou a Falsa Tartaruga, pulando como louca.

— Trocam de lagostas de novo! — exclamou o Grifo, o mais alto que pôde.

— Retornam à praia e essa é apenas a primeira volta — disse a Falsa Tartaruga, de repente baixando a voz.

As duas criaturas, que estavam saltando como doidas o tempo todo até aquele momento, sentaram-se novamente muito tristes e caladas, e olharam para Alice.

— Deve ser uma dança bem bonita de assistir — disse Alice, timidamente.

— Gostaria de assistir um pouco dela? — perguntou a Falsa Tartaruga.

— Sim, gostaria muito — respondeu Alice.

— Venha, vamos tentar dar a primeira volta! — disse a Falsa Tartaruga para o Grifo. — Podemos dançar sem as lagostas, não é mesmo? Quem vai cantar?

— Ah, *você*! — disse o Grifo. — Eu esqueci a letra.

Começaram solenemente a dançar em volta de Alice, pisando de vez em quando em seus pés ao passarem mais perto dela, balançando as patas dianteiras para marcar o tempo, enquanto a Falsa Tartaruga cantava, em tom lento e triste:

"Podes andar um pouco mais rápido?", perguntou para a lesma
     a merluza,*
"Há um boto rosa atrás de nós, pisando na minha cauda.
"Vê como as lagostas e as tartarugas avançam rápido!
"Todas te esperam na praia de pedrinhas — tu vais entrar na
     dança?
"Tu vais, não vais, tu vais, não vais, tu vais entrar na dança?
"Tu vais, não vais, tu vais, não vais, não vais entrar na dança?

"Realmente não sabes que delícia que é
"Quando nos atiram junto com as lagostas no mar!"
Mas a lesma desconfia: "É muito longe, muito longe!", e olhou
     de lado,
Agradeceu à merluza a gentileza, mas não iria entrar na dança.
"Não devo, não vou, não devo, não vou, não devo entrar na dança.
"Não devo, não vou, não devo, não vou, não vou entrar na dança".

"O que importa se formos longe?", perguntou o amigo
     escamado,
"Há outra praia, sabia? Bem do outro lado.
"Quando mais afastado da Inglaterra, mais próximo da
     França —
"Não temas, amada lesma, vem e junta-te à dança.
"Tu vais, não vais, tu vais, não vais, tu vais entrar na dança?
"Tu vais, não vais, tu vais, não vais, não vais entrar na dança?"

---

* Paródia do primeiro verso do poema de Mary Howitt (1799-1888), "The Spider and the Fly" ("A aranha e a mosca"), baseado numa canção mais antiga, e o restante Carroll criou livremente, apenas acompanhando a métrica.

— Muito obrigada, esta dança é muito interessante de assistir — disse Alice, com alívio por ter finalmente acabado. — E gostei muito dessa canção tão curiosa sobre a merluza!

— Ah, quanto à merluza — disse a Falsa Tartaruga, — elas... Você já as viu, não é?

— Sim — respondeu Alice. — Já vi muitas no jan...

E calou-se rápido.

— Não sei onde fica esse "Jan" — disse a Falsa Tartaruga, — mas se já viu muitas delas, claro que sabe como são.

— Creio que sim — respondeu Alice, pensativa. — Têm a cauda na boca e são cobertas por farinha de rosca.

— Está enganada quanto à farinha de rosca — disse a Falsa Tartaruga. — A farinha de rosca seria lavada pelo mar. Mas realmente *têm* a cauda na boca, e isso é porque...

Nesse momento, a Falsa Tartaruga bocejou e fechou os olhos:

— Diga-lhe por que e tudo o mais... — a Falsa Tartaruga pediu ao Grifo.

— É porque — disse o Grifo — elas *iam* dançar com as lagostas. Então foram jogadas no mar. Foram jogadas muito longe, por isso colocaram a cauda na boca e não conseguiram mais tirá-la. É isso.

— Muito obrigada — disse Alice. — É muito interessante. Nunca aprendi tanto sobre merluzas.

— Posso lhe contar muito mais, se quiser — disse o Grifo. — Sabe por que se chamam merluzas?

— Nunca pensei sobre isso — disse Alice. — Por quê?

— *Porque elas fazem botas e sapatos* — respondeu o Grifo, com ar solene.

Alice ficou totalmente confusa:

— Fazem botas e sapatos? — repetiu, admirada.

— Ora, de que seus sapatos são feitos? — perguntou o Grifo. — Quero dizer, o que faz com que sejam tão brilhantes?

Alice olhou para os seus sapatos e pensou um pouco antes de responder:

— São lustrados com graxa, não são?

— As botas e sapatos debaixo do mar — continuou o Grifo, com voz grave, — são engraxados com merluzas. Agora já sabe.

— E de que são feitos os sapatos? — perguntou Alice, muito curiosa.

— De linguados e enguias, é claro — respondeu o Grifo, um tanto impaciente. — Qualquer camarão sabe disso.

— Se eu fosse uma merluza — disse Alice, ainda pensando na letra da canção, — diria ao boto: "Vá embora, por favor. Não *o* queremos mais entre nós!".

— Eles precisavam ter o boto com eles — explicou a Falsa Tartaruga. — Nenhum peixe esperto vai a lugar nenhum sem um boto.

— É mesmo? — perguntou Alice, muito surpresa.

— Claro que não — respondeu a Falsa Tartaruga. — Ora, se um peixe *me* disser que vai viajar, eu perguntaria: "Com que *boto*?".

— Você não quer dizer: "Com que *bota*?".

— Eu quis dizer o que eu disse — retrucou a Falsa Tartaruga, ofendida.

E o Grifo, acrescentou:

— Bem, vamos ouvir algumas das *suas* aventuras.

— Eu poderia lhes contar as minhas aventuras... começando por esta manhã — disse Alice, timidamente, — mas não adianta voltar a ontem, porque, então, eu era outra pessoa.

— Explique tudo isso — pediu a Falsa Tartaruga.

— Não, não! As aventuras, primeiro! — exclamou o Grifo, impaciente. — Explicações levam tempo demais.

Alice começou a contar as aventuras a partir do instante em que avistou o Coelho Branco pela primeira vez. Ficou um pouco nervosa no início, pois as duas criaturas estavam muito próximas dela, uma de cada lado, com os olhos e a boca bem abertos, porém respirou fundo e continuou. Ambos estavam em silêncio, até chegar à parte em que recitou "O senhor está velho, Pai William" para a Lagarta, e as palavras saíram todas diferentes, então a Falsa Tartaruga suspirou e disse:

— Isso é muito estranho.

— É a coisa mais estranha que já ouvi — disse o Grifo.

— As palavras saíram todas diferentes! — repetiu a Falsa Tartaruga, pensativa. — Queria ouvi-la recitar algo agora. Diga-lhe que comece.

A Falsa Tartaruga olhou para o Grifo como se este tivesse algum tipo de autoridade sobre Alice.

— Fique de pé e recite "Esta é a voz da preguiça"* — disse o Grifo.

"Como as criaturas são mandonas por aqui e todas pedem para repetir lições!", pensou Alice. "É como se eu estivesse na escola". Mesmo assim, pôs-se de pé e começou a recitar, mas sua mente estava tão absorta na Dança das Lagostas, que ela mal sabia o que estava dizendo, e as palavras saíram realmente muito estranhas:

> *Esta é a voz da lagosta — eu a ouvi declarar:*
> *"Você me assou demais, preciso meu cabelo pentear".*
> *Como um pato com suas pálpebras e ele, com seu nariz,*
> *Asseia seu cinto e seus botões, e vira para fora os seus artelhos.*
> *Quando as areias estão secas, fica lépido como um azulão,*
> *E fala de forma grosseira com o Tubarão;*
> *Mas, quando a maré sobe e os tubarões estão por perto,*
> *Sua voz tem um som tímido e trêmulo, decerto.*

---

* Paródia de um poema que tem o mesmo primeiro verso, chamado "The Sluggard" ("O preguiçoso"), de Isaac Watts, bastante conhecido na época entre os leitores de Carroll, que ele parodia a seguir.

— Está diferente de como *eu* recitava quando era criança — disse o Grifo.

— Bem, *eu* nunca ouvi isso antes — disse a Falsa Tartaruga, — mas parece uma bobagem bastante incomum.

Alice não disse nada: sentou-se de novo, colocando as mãos sobre o rosto, imaginando se *alguma vez* algo iria voltar ao normal.

— Gostaria que me explicasse — disse a Falsa Tartaruga.

— Ela não consegue explicar nada — retrucou o Grifo, rápido. — Recite a estrofe seguinte.

— Mas, e os artelhos? — insistiu a Falsa Tartaruga. — *Como* pode virá-los para fora com o nariz?

— Essa é a primeira posição de balé — respondeu Alice, mas estava muito confusa com tudo e queria logo mudar de assunto.

— Recite a estrofe seguinte — repetiu o Grifo. — Começa com "Passei junto ao seu jardim".*

Alice não ousou desobedecer, embora soubesse que tudo sairia errado, e continuou com a voz trêmula:

> *Passei junto ao seu jardim e vi, com um olho,*
> *A Coruja e a Pantera dividindo uma torta:*
> *A Pantera comeu a massa, o molho e o recheio,*
> *Enquanto a Coruja ficou só com o prato.*
> *Quando a torta acabou, a Coruja, como bônus,*
> *Gentilmente, ganhou, de presente, a colher:*
> *Já a Pantera ganhou garfo e faca, com um rugido,*
> *E deu o banquete por findo —*

— De *que* adianta recitar tudo isso — interrompeu a Falsa Tartaruga, — sem explicar enquanto recita? É, de longe, a coisa mais confusa que *eu* já ouvi!

— Sim, acredito ser melhor desistir — disse o Grifo, e Alice suspirou aliviada.

— Vamos tentar a outra parte da Quadrilha das Lagostas? — perguntou o Grifo. — Ou gostaria que a Falsa Tartaruga cantasse outra canção para você?

— Ah, uma canção, por favor, se a Falsa Tartaruga não se importar!

---

* Continuação da paródia do mesmo poema acima, de Isaac Watts, cujo primeiro verso diz "I passed by his garden" ("Passei junto ao seu jardim").

Alice respondeu de forma tão entusiasmada, que o Grifo retrucou, ofendido:

— Humm! Sem comentários sobre o seu gosto pessoal! Cante para ela a "Sopa de Tartaruga", por favor, minha velha amiga?

A Falsa Tartaruga suspirou fundo e começou a cantar, entre soluços:

Linda Sopa, tão rica e verde,
Dentro de uma terrina tão quente!
Quem resiste a banquetes ainda?
Sopa da noite, que Sopa tão linda!
Sopa da noite, que Sopa tão linda!
So-pa lin-da!
So-pa lin-da!
So-pa da noi-te,
Linda, que Sopa mais linda!

Linda Sopa! Quem quer peixe,
Pato, ou outro prato!
Quem não daria tudo
Por um prato dessa linda Sopa?
Apenas um prato dessa linda Sopa?
Por uma só concha dessa sopa linda
So-pa lin-da!
So-pa lin-da!
So-pa da noi-te,
Linda, que Sopa mais linda!*

---

* Paródia de uma canção infantil chamada "Star of the Evening" ("Estrela da noite"), de 1855, com música e letra de James Mason Sayles (1837-?), que as irmãs Liddell cantaram para Carroll em 1º de agosto de 1862, conforme o seu diário.

— O refrão de novo! — exclamou o Grifo, e a Falsa Tartaruga já ia se preparar para repeti-lo, quando alguém gritou ao longe:

— O julgamento vai começar!

— Vamos! — gritou o Grifo e, puxando Alice pela mão, saíram em disparada, sem esperar pelo final da canção.

— Que julgamento é esse?

Alice bufava, enquanto corria, mas o Grifo apenas lhe disse:

— Vamos!

Correram mais rápido ainda e, cada vez mais ao longe, ouviam, na brisa que soprava, as melancólicas palavras:

So-pa da noi-te,
Linda, que Sopa mais linda!

Quem roubou as tortas?

O Rei e a Rainha de Copas estavam sentados no trono, cercados por uma multidão — todos os tipos de animais, bem como todas as cartas do baralho: o Valete estava em pé, na frente deles, acorrentado, com um soldado de cada lado e, próximo ao Rei, estava o Coelho Branco, com uma corneta numa das mãos e um rolo de pergaminho na outra. No centro da corte, havia uma mesa, com uma grande travessa de tortas: pareciam tão apetitosas, que Alice ficou com vontade de experimentar assim que as viu. "Queria que o julgamento acabasse logo", pensou, "e servissem o lanche!" Mas isso não parecia nem próximo de acontecer, então começou a procurar algo para distraí-la e passar o tempo.

Alice nunca havia entrado num tribunal antes, mas lera sobre eles em livros e ficou muito satisfeita ao descobrir que sabia como se chamava quase tudo por ali.

"Aquele é o juiz", disse para si mesma, "pois tem uma longa peruca".

O juiz, a propósito, era o Rei e, como a coroa fora colocada sobre a peruca, não parecia estar muito à vontade, além de não lhe ficar nada bem.

"E aquela é a bancada do júri", pensou Alice, "e aquelas doze criaturas" (ela tinha de dizer "criaturas", pois havia aves e outros animais) "devem ser os jurados". Repetiu essa última palavra três vezes, sentindo-se muito orgulhosa, pois, pensou — e, com razão —, que poucas meninas de sua idade sabiam aquelas coisas todas. Porém, "membros do júri" significa a mesma coisa.

Todos os doze jurados estavam muito ocupados escrevendo em suas lousas.

— O que eles estão fazendo? — Alice sussurrou para o Grifo. — Ainda não têm nada para escrever antes que comece o julgamento.

— Estão escrevendo os seus nomes — sussurrou o Grifo de volta — por temerem esquecê-los antes do fim do julgamento.

— Quanta estupidez! — replicou Alice, indignada, falando bem alto.

Mas parou imediatamente, quando o Coelho Branco exclamou:

— Silêncio no tribunal!

O Rei pôs os óculos e olhou em volta para ver quem estava matraqueando.

Alice viu, olhando por cima dos ombros, que todos os jurados tinham escrito "Quanta estupidez!" em suas lousas. Viu ainda que um deles não soubera soletrar "estupidez" e pediu ao colega do lado para lhe ensinar. "Que bagunça essas lousas vão ficar até terminar o julgamento!", pensou Alice.

Um dos jurados tinha um giz que guinchava. Isso, evidente, Alice *não* suportava, então deu a volta no tribunal, ficou atrás dele e logo teve chance de pegar o giz. Fez isso tão rápido que o pobre jurado (era Bill, o Lagarto) não sabia o que havia acontecido com o seu giz; então, depois de procurar por toda parte, passou a escrever com o dedo o resto do dia, o que era totalmente inútil, pois não conseguia escrever nada na lousa.

— Meirinho, leia a acusação! — ordenou o Rei.

Em seguida, o Coelho Branco deu três toques de corneta e, após desenrolar o rolo de pergaminho, leu:

A Rainha de Copas
Assou umas tortas
Numa tarde de verão;
O Valete de Copas

Roubou essas tortas
*E elas sumiram!**

— Agora deem seu veredicto — ordenou o Rei ao júri.
— Ainda não, ainda não! — interrompeu, apressado, o Coelho. — Há muito a ser feito antes disso!
— Chamem a primeira testemunha — disse o Rei.
O Coelho Branco deu três toques de corneta e exclamou:
— Primeira testemunha!
A primeira testemunha era o Chapeleiro. Chegou com uma xícara de chá numa das mãos e uma fatia de pão com manteiga na outra:
— Perdoe-me, Majestade — ele disse, — por ter que trazer isto, mas ainda não tinha terminado meu chá quando fui intimado.
— Deveria tê-lo terminado — disse o Rei. — Quando começou?
O Chapeleiro olhou para a Lebre Maluca, que veio com ele ao tribunal de braços dados com o Rato do Campo:
— Em quatorze de março, se *não* me engano — ele respondeu.

---

* Canção infantil original inglesa anônima que Carroll copiou sem alteração por se encaixar perfeitamente em sua história: "The Queen of Hearts,/ She made some tarts,/ All on a summer's day;/ The Knave of Hearts,/ He stole those tarts/ And took them clean away./ The King of Hearts/ Called for the tarts,/ And beat the knave full sore;/ The Knave of Hearts/ Brought back the tarts,/ And vowed he'd steal no more". O modelo da Rainha de Copas que entrou para o *Livro da Mamãe Ganso* (1780) seria Elizabeth da Boêmia (1596-1662), neta de Mary Stuart (1542-1587), avó de George I (1660-1727), cuja 11ª descendente direta é Elizabeth II (1926-) da Inglaterra. Por ter sido rainha da Boêmia por apenas um inverno (1619-1620), é conhecida como Rainha do Inverno. A imagem da Rainha de Copas do baralho francês criado em meados do século XVII baseia-se na figura bíblica de Judite que decapitou o general assírio Holofernes, daí a associação com a decapitação. Musicada em 1785, a canção ganhou mais repercussão após ser incluída no livro de Carroll, em 1865. (N.T.)

— Quinze — disse a Lebre Maluca.

— Dezesseis — disse o Rato do Campo.

— Escrevam isso! — disse o Rei aos jurados.

Os jurados rapidamente anotaram as três datas em suas lousas, depois somaram tudo e transformaram o resultado em horas e minutos.

— Tire seu chapéu — o Rei pediu ao Chapeleiro.

— Ele não é meu — respondeu o Chapeleiro.

— *Ele é roubado!* — exclamou o Rei, virando-se para os jurados, que imediatamente anotaram isso.

— Estão comigo para vender — explicou o Chapeleiro. — Não tenho nenhum chapéu. Sou um chapeleiro.

A Rainha pôs os óculos e encarou friamente o Chapeleiro, que ficou pálido e irrequieto.

— Dê seu depoimento — ordenou o Rei — e não fique nervoso, senão mandarei decapitá-lo na mesma hora.

Isso não tranquilizou em nada a testemunha: continuou pulando em um pé e em outro, olhando aflito para a Rainha e, em sua confusão, mordeu um pedaço da xícara de chá em vez da fatia de pão com manteiga.

Foi justamente nesse momento em que Alice se sentiu estranha, o que a perturbou, até descobrir o que estava acontecendo: estava começando a crescer de novo e seu primeiro pensamento foi se levantar e sair do tribunal, mas pensou outra vez, e decidiu continuar onde estava, enquanto houvesse espaço para ela.

— Pare de me apertar! — reclamou o Rato do Campo, sentado ao lado dela. — Mal consigo respirar!

— Não posso evitar! — respondeu Alice, sem jeito. — Estou crescendo.

— Não pode crescer *aqui*! — exclamou o Rato do Campo.

— Não diga bobagens! — disse Alice, mais alto. — Você também cresce.

— Sim, mas *eu* cresço num ritmo razoável — contemporizou o Rato do Campo. — E não dessa maneira ridícula.

Ele se levantou muito aborrecido e foi para o outro lado do tribunal.

Durante todo esse tempo a Rainha continuava a encarar o Chapeleiro e, assim que o Rato do Campo foi para o outro lado, disse a um dos oficiais:

— Traga-me a lista dos cantores do último concerto!

Ao ouvir isso, o pobre Chapeleiro tremelicou tanto que os sapatos caíram dos seus pés.

— Dê seu depoimento — repetiu o Rei, irritado, — senão mandarei decapitá-lo, nervoso ou não.

— Sou um pobre homem, Majestade — o Chapeleiro começou a dizer com voz trêmula, — eu mal havia começado a tomar o meu chá, há pouco mais de uma semana, o pão com manteiga acabando, e o chá *chamejando*...

— O chá o *quê*? — perguntou o Rei.

— O chá chamejando. Começa com *chá* — respondeu o Chapeleiro.

— Claro que começa com *chá* — arrematou o Rei, em tom ríspido. — Acha que sou estúpido? Continue!

— Sou um pobre homem... — continuou o Chapeleiro, — e muitas coisas chamejaram depois disso, só que a Lebre Maluca disse...

— Eu não disse! — atalhou a Lebre Maluca.

— Disse, sim! — respondeu o Chapeleiro.

— Eu nego! — gritou a Lebre Maluca.

— Ela nega! — confirmou o Rei. — Mas deixem essa parte de fora.

— Bom, de qualquer maneira, o Rato do Campo disse... — continuou o Chapeleiro, olhando em volta, ansioso, para ver se o Rato do Campo também negaria, mas ele não negou, por estar profundamente adormecido.

— Depois disso — continuou o Chapeleiro, — passei mais manteiga no pão...

— Mas, o que disse o Rato do Campo? — perguntou um dos jurados.

— Não consigo me lembrar — respondeu o Chapeleiro.

— Você *precisa* se lembrar — advertiu o Rei, — senão mandarei decapitá-lo.

O pobre Chapeleiro largou a xícara de chá e o pão com manteiga e atirou-se no chão, de joelhos:

— Sou um pobre homem, Majestade! — ele repetiu.

— Você é uma testemunha *muito* ruim! — atalhou o Rei.

Um dos porquinhos-da-índia aplaudiu e foi imediatamente reprimido pelos oficiais do tribunal. (Como esta é uma designação muito difícil, vou explicar o que aconteceu: trouxeram uma grande sacola de lona amarrada por cordas, colocaram o porquinho-da-índia de cabeça para baixo dentro da sacola e depois sentaram em cima.)

"Fiquei feliz por ter visto isso", pensou Alice. "Sempre lia nos jornais, ao final dos julgamentos: 'Houve tentativas de aplausos, que foram imediatamente reprimidas pelos oficiais do tribunal', e nunca entendi o significado disto até agora".

— Se isso é tudo o que sabe sobre o assunto, pode descer — continuou o Rei.

— Não poderei descer mais do que isto — disse o Chapeleiro. — Como vê, já estou no chão.

— Então, pode se *sentar* — retrucou o Rei.

Em seguida, outro porquinho-da-índia aplaudiu, e foi imediatamente reprimido.

"Ora, esse foi o último porquinho-da-índia!", pensou Alice. "Tudo vai transcorrer mais tranquilamente a partir de agora".

— Prefiro terminar o meu chá — disse o Chapeleiro, olhando ansioso para a Rainha, que conferia a lista de cantores.

— Você está dispensado — disse o Rei, e o Chapeleiro saiu correndo do tribunal, sem sequer calçar os sapatos.

— ...e cortem a cabeça dele lá fora! — acrescentou a Rainha a um dos oficiais, mas o Chapeleiro desapareceu de vista antes que o oficial chegasse à porta.

— Chamem a próxima testemunha! — disse o Rei.

A testemunha seguinte era a cozinheira da Duquesa. Trazia consigo uma caixa de pimenta, e Alice sabia que era ela antes mesmo que entrasse no tribunal, pela forma como todos perto da porta começaram a espirrar ao mesmo tempo.

— Dê seu depoimento — disse o Rei.

— Não! — respondeu a cozinheira.

O Rei olhou nervoso para o Coelho Branco, que sussurrou:

— Vossa Majestade deve interrogar *esta* testemunha.

— Bom, se eu devo, eu devo — disse o Rei, enfadado e, depois de cruzar os braços e franzir para a cozinheira até seus olhos quase sumirem, perguntou, em um tom grave:

— De que são feitas as tortas?

— Basicamente de pimenta — respondeu a cozinheira.

— De melaço — disse uma voz sonolenta atrás dela.

— Amordacem esse Rato do Campo! — gritou a Rainha. — Cortem a cabeça desse Rato do Campo! Retirem esse Rato do Campo do tribunal! Reprimam-no! Belisquem-no! Arranquem seus bigodes!

Por alguns minutos, o tribunal virou uma balbúrdia, até o Rato do Campo ser retirado do recinto, mas, quando se acomodaram de novo, a cozinheira sumira.

— Isso não tem importância! — disse o Rei, bastante aliviado. — Chamem a próxima testemunha.

E acrescentou, em voz baixa, para a Rainha:

— Realmente, minha querida, *você* precisa interrogar a próxima testemunha. Minha cabeça está explodindo!

Alice viu o Coelho Branco se atrapalhar folheando a lista, curiosa para saber quem seria a testemunha seguinte, "porque ainda não haviam conseguido reunir provas suficientes até agora", ela pensou.

Imaginem a sua surpresa quando o Coelho Branco gritou, com uma voz fininha:

— Alice!

O testemunho de Alice

—Aqui! — gritou Alice, esquecendo-se, no calor da hora, quanto havia crescido nos últimos minutos, e levantou-se com tanta pressa, que bateu a barra do vestido na bancada do júri, derrubando todos os jurados em cima da assistência, e todos se espalharam, como os peixinhos dourados do aquário que derrubara acidentalmente em casa uma semana antes.

— Ah, me *perdoem*! — exclamou assustada, e começou a pegá-los o mais rápido possível, por lembrar-se do acidente com os peixinhos, sabendo que deveria recolhê-los imediatamente e colocá-los de volta na bancada, antes que morressem.

— O julgamento não poderá prosseguir — disse o Rei, em tom bem grave, — até que todos os jurados estejam de volta em seus lugares. *Todos* — repetiu enfático, encarando Alice ao dizer isso.

Alice olhou para a bancada e viu que, na pressa, pusera o Lagarto de cabeça para baixo, e o pobrezinho balançava tristemente a cauda, então o colocou na posição correta, "não que isso queira dizer muita coisa", pensou, "acho que ele funcionaria para o julgamento tanto virado para cima quanto para baixo".

Assim que os jurados se recompuseram do acidente e suas lousas e gizes foram reencontrados e devolvidos, começaram a trabalhar diligentemente para relatar o ocorrido — todos menos o Lagarto, que parecia muito esgotado para fazer qualquer coisa, além de continuar sentado, boquiaberto, olhando para o teto do tribunal.

— O que sabe sobre o assunto? — o Rei perguntou a Alice.

— Nada — respondeu Alice.

— Nada *de nada*? — insistiu o Rei.

— Nada de nada — reiterou Alice.

— Isso é muito importante — declarou o Rei, virando-se para os jurados.

Estavam escrevendo isso em suas lousas, quando o Coelho Branco os interrompeu:

— *Des*importante, é o que Vossa Majestade quer dizer, é claro — ele acrescentou, em tom muito respeitoso, mas franzindo e fazendo mímicas para o Rei, enquanto falava.

— *Des*importante, é claro, foi o que eu quis dizer — disse o Rei, apressadamente, e continuou dizendo para si mesmo, baixinho, — 'Importante, desimportante, desimportante, importante'... — como se estivesse testando qual soaria melhor.

Alguns jurados escreveram "Importante" e, outros, "Desimportante". Alice viu o que escreveram, pois estava perto o bastante para ver por cima de suas lousas. "Mas isso não tem a menor importância!", ela pensou.

Então, o Rei, que estava há algum tempo ocupado escrevendo em seu bloquinho de anotações, gritou:

— Silêncio!

E leu em seu bloquinho:

— Regra 42: *Todos aqueles que tiverem mais de um quilômetro e meio de altura devem sair do tribunal.*

Todos se viraram para Alice.

— Eu *não* tenho um quilômetro e meio de altura — disse Alice.

— Tem, sim — disse o Rei.

— Quase três quilômetros de altura — acrescentou a Rainha.

— Bem, mas não vou sair de jeito nenhum — disse Alice — e, além do mais, isso não é uma regra: você acabou de inventar.

— É a regra mais antiga do livro — disse o Rei.

— Então deveria ser a Regra Nº 1 — insistiu Alice.

O Rei empalideceu e fechou rapidamente o bloquinho de anotações.

— Deem seu veredicto — disse o Rei ao júri, em voz baixa e trêmula.

— Há mais provas a serem produzidas, Majestade — atalhou o Coelho Branco, saltando, apressado. — Este documento acabou de chegar.

— O que tem nele? — perguntou a Rainha.

— Ainda não o abri — respondeu o Coelho Branco, — mas me parece uma carta, do prisioneiro para... para... alguém.

— Deve ser isso — disse o Rei, — a menos que não tenha sido escrito para ninguém, o que não é incomum, como sabemos.

— A quem a carta está endereçada? — perguntou um dos jurados.

— Não está endereçada — respondeu o Coelho Branco. — Na realidade, não há nada escrito do lado de *fora*.

Ele desdobrou o papel, enquanto falava e acrescentou:

— Não é uma carta, afinal; são estrofes de um poema.

— Está escrita com a letra do prisioneiro? — perguntou outro jurado.

— Não, não está — respondeu o Coelho Branco, — e este é o fato mais estranho.

(Todos os jurados mostraram-se intrigados.)

— Ele deve ter imitado a caligrafia de alguém — ponderou o Rei.

(Os jurados mostraram-se satisfeitos de novo.)

— Por favor, Majestade — disse o Valete, — eu não escrevi isso e não podem provar que eu escrevi: não há assinatura no fim.

— Se não assinou — replicou o Rei, — isso torna a situação ainda pior. Você *deve* ter planejado o crime, senão teria assinado, como qualquer homem honesto.

Todos o aplaudiram ao ouvir isso: foi a primeira coisa inteligente que o Rei disse naquele dia.

— Isso *prova* a sua culpa — afirmou a Rainha. — Então, cortem-lhe...

— Isso não prova nada disso! — objetou Alice. — Ora, sequer sabem o que está escrito!

— Leia o poema — ordenou o Rei.

O Coelho Branco colocou os óculos:

— Por favor, Majestade, por onde devo começar? — ele perguntou.

— Comece pelo começo — disse o Rei, em tom bem grave — e vá até o fim: depois pare.

Fez-se silêncio no tribunal, enquanto o Coelho Branco lia os seguintes versos:

Disseram-me que foste ter com ela,
   E a ele me mencionaste:
Ela me julgou um bom rapaz,
   Mas que nadar eu não seria capaz.

Ele lhes disse que eu não partira
  (Sabemos isso ser verdade).
Se ela insistisse na mentira,
  O que seria de ti, meu confrade?

Dei uma a ela, eles lhe deram duas,
  Três ou mais, a nós, nos deu.
Devolveram-te todas as dele depois,
  Embora antes o dono fosse eu.

Se o acaso couber, a ela ou a mim,
  Envolvidos nessa questão,
Ele confia que toques o clarim
  De serem livres como eram então.

Minha impressão foi que eras
  (Antes que ela surtasse)
Um obstáculo que se interpôs
  Entre ele, nós e o outro impasse.

Não o deixes saber que ela os prefere,
  Pois este deve ser um eterno
Segredo, mantido longe de todos,
  Entre tu e mim.*

---

* Carroll publicou um poema-paródia, com oito estrofes, chamado "She's all my fancy painted him", na *The Comic Times*, em Londres, 1855. O primeiro verso deste original parodia o primeiro verso de "Alice Gray" ("She's all my fancy painted her"), uma canção de Mrs. P. Millard, com letra de William Mee (1879), bastante popular no século XIX. O restante do poema não se parece com a canção, exceto na métrica.

— Esta é a prova mais relevante que ouvimos até agora — disse o Rei, esfregando as mãos. — Então, agora os jurados devem...

— Se algum deles conseguir explicar — interrompeu Alice (ela havia crescido tanto nos últimos minutos, que perdera o medo de interrompê-lo), — eu darei a ele um prêmio. Não acredito que isso tenha qualquer significado.

Todos os jurados escreveram em suas lousas: "Ela não acredita que isso tenha qualquer significado", mas nenhum deles tentou explicar o que o poema queria dizer.

— Se não tem qualquer significado — disse o Rei, — isso economiza um monte de problemas, não é? Pois não precisaremos encontrar nenhum. Mas, mesmo assim, não sei — ele continuou, colocando o papel nos joelhos e olhando o poema com apenas um olho, — parece haver algum significado nesses versos, afinal, *"mas que nadar eu não seria capaz"*, você não sabe nadar, sabe? — acrescentou, virando-se para o Valete.

O Valete meneou a cabeça, triste:

— Pareço saber nadar? — perguntou ele.

(O que ele certamente *não* sabia, por ser feito de cartão.)

— Muito bem, até aqui — disse o Rei.

Continuou murmurando os versos para si mesmo:

— *"Sabemos isso ser verdade"* são os jurados, é claro. *"Se ela insistisse na mentira"* deve ser a Rainha. *"O que seria de ti"*. O quê, decerto! *"Dei uma a ela, eles lhe deram duas"*, ora, deve ser o que ele fez com as tortas, não é?

— Mas, continua dizendo: *"Devolveram-te todas as dele depois"* — completou Alice.

— Ora, elas estão ali! — exclamou o Rei, triunfante, apontando para as tortas em cima da mesa. — Nada é mais claro do que isso. E, ainda: *"Antes que ela surtasse"*. Você nunca *surtou*, não é, minha querida? — perguntou à Rainha.

— Nunca! — respondeu a Rainha, furiosa, atirando um tinteiro no Lagarto, depois de falar.

(O pequeno e pobre Bill parara de escrever na lousa com o dedo, pois não saía nada, mas recomeçou rapidamente, usando a tinta que escorria pelo seu rosto antes que acabasse.)

— Então, as palavras não *surtiram* efeito — disse o Rei, sorrindo e olhando em torno pelo tribunal.

Fez-se um silêncio mortal.
— Este era um trocadilho! — acrescentou o Rei, zangado.
Todos gargalharam.

— Que o júri dê seu veredicto — repetiu o Rei, pela vigésima vez naquele dia.

— Não, não! — interrompeu a Rainha. — A sentença, primeiro. O veredicto, depois.

— Mas, que besteira! — exclamou Alice. — Que absurdo a sentença vir primeiro!

— Morda a sua língua! — gritou a Rainha, roxa de raiva.

— Não vou, não!

— Cortem-lhe a cabeça! — urrou a Rainha, a plenos pulmões.

Ninguém se moveu.

— Quem se importa com vocês? — perguntou Alice. (Ela já havia atingido sua altura normal neste momento.) — Vocês são apenas cartas de baralho!

Ao ouvir isso, todas as cartas começaram a voar e desceram sobre Alice. Ela gritou num misto de medo e raiva, tentando espantá-las e, de repente, percebeu estar na margem do rio, com a cabeça deitada no colo da irmã, que gentilmente tirava algumas folhas que tinham caído em seu rosto.

— Acorde, Alice querida! — disse-lhe a irmã. — Como você dormiu!

— Nossa, tive um sonho muito estranho! — respondeu Alice.

Ela contou à irmã, da maneira como se lembrava, todas estas estranhas Aventuras que acabou de ler e, assim que terminou de contá-las, a irmã a beijou e disse:

— Certamente, foi um sonho muito estranho, querida, mas agora corra para o seu chá. Já está ficando tarde.

Alice se levantou e saiu em disparada, pensando, enquanto corria, no sonho maravilhoso que teve.

Mas a irmã continuou ali sentada depois de ela ter se afastado, apoiando o rosto na mão, olhando o pôr do sol e pensando na pequena Alice, e em todas as suas **maravilhosas**

Aventuras, até começar também a sonhar depois de imaginá-lo, e este foi o seu sonho:

Primeiro, sonhou com a pequena Alice: mais uma vez, as mãozinhas estavam unidas sobre os joelhos e os olhos brilhantes a miravam atentos — podia ouvir o som de sua voz e ver como mexia a cabeça para afastar os fios de cabelo que *sempre* caíam sobre seus olhos — ainda assim, ouviu, ou pareceu-lhe ouvir tudo à sua volta ganhar vida com as estranhas criaturas do sonho de sua irmãzinha.

A grama alta sacudiu a seus pés quando o Coelho Branco passou correndo — o Rato assustado nadou no lago ali perto — ouviu as xícaras tinindo quando a Lebre Maluca e seus amigos tomavam seu chá infindável, e a voz estridente da Rainha ordenando a execução de seus pobres convivas — mais uma vez o porquinho-bebê estava espirrando no colo da Duquesa, enquanto travessas e pratos se estilhaçavam à sua volta — mais uma vez o guincho do Grifo, o risco do giz do Lagarto e o engasgo dos porquinhos-da-índia encheram o ar, misturando-se aos soluços distantes da infeliz Falsa Tartaruga.

Continuou sentada, de olhos fechados, quase acreditando estar no País das Maravilhas, embora soubesse que bastava abri-los de novo, e tudo voltaria à tediosa realidade — a grama roçando apenas por causa do vento, e o lago ondulando por causa do movimento dos juncos — o tinir das xícaras de chá se tornaria o tilintar dos sinos das ovelhas, e os gritos agudos da Rainha no som estridente da voz do pastor — e o espirro do bebê, o guincho do Grifo e todos os outros sons esquisitos iriam se transformar (ela bem sabia) no clamor confuso dos ruídos da fazenda — enquanto o mugido distante do gado tomaria o lugar dos prantos e lamentos da Falsa Tartaruga.

Por fim, vislumbrou como essa mesma irmãzinha iria, no futuro, ser uma mulher adulta e, como ela, guardaria, por toda a vida, o coração simples e amoroso da infância, e como teria, à sua volta, outras crianças pequenas, e faria *seus* olhos brilharem e ansiarem pelas estranhas histórias, talvez até com o sonho no País das Maravilhas, que sonhara há tanto tempo, e como sentiria todas as tristezas e regozijaria com as mais simples alegrias, lembrando a própria infância e os felizes dias de verão.

CAMPANHA

FiqueSabendo

Há um grande número de portadores do vírus HIV e de hepatite que não se trata. Gratuito e sigiloso, fazer o teste de HIV e hepatite é mais rápido do que ler um livro.

FAÇA O TESTE. NÃO FIQUE NA DÚVIDA!

FARO EDITORIAL

ESTA OBRA FOI IMPRESSA
EM DEZEMBRO DE 2022